verlag duotincta

AF170260

Über die Autorin

Birgit Rabisch studierte Soziologie und Germanistik und lebt als Autorin in Hamburg. Sie hat bisher zehn Bücher veröffentlicht, darunter den utopischen Roman „Duplik Jonas 7", der zum Bestseller und Standardwerk für den Schulunterricht zum Thema Gentechnologie avancierte.
Bei duotincta erschien 2016 die Neuauflage ihres Romans „Die vier Liebeszeiten".

www.birgitrabisch.de

Birgit Rabisch
Wir kennen uns nicht

Roman

Dies ist ein Roman und somit ein Werk der Fiktion. Alle Ähnlichkeiten mit real existierenden Personen sind rein zufällig und nicht beabsichtigt.

Erste Auflage 2016
Copyright © 2016 Verlag duotincta, Berlin
Alle Rechte vorbehalten.
Satz und Typographie: Thomas Eifler
Einband: Matthias Bläsing
Printed in Germany
ISBN 978-3-946084-22-2

*gewidmet den Müttern, die ihre Tochter nicht verstehen
und den Töchtern, denen ihre Mutter ein Rätsel ist*

I

Sie kennen mich nicht
Sie kennen mich? Sie wissen alles über mich? Von meiner Geburt an? Warum so bescheiden? Ich bin sicher, Sie kennen mich schon seit meiner Zeugung, nein, seit ich noch ein Glanz in den Augen meiner Mutter war. Ich rede schwülstig? Pardon, ich dachte, das trifft Ihr Sprachniveau. Kein Wunder, wenn ich mir so Ihre Lieblingslektüre betrachte, oder? Ich unterschätze Sie und das auch noch gewaltig? Also bitte, ich formuliere es sachlich: Sie kennen mich, seit meine Mutter anfing, darüber nachzudenken, wie sie an eine anonyme Samenspende herankommen könnte. Das werden Sie nicht leugnen. Sie kannten meine Mutter ja schon, als sie noch nicht meine Mutter war, noch nicht mal meine mich planende Mutter. Sie kannten sie als die kleine Lara, naseweis und intelligenzbiestig, eine moderne Ausgabe der HanniNanni. Sie haben mit ihr in jener Phase des Heranwachsens, die so schrecklich ist wie ihr Name PU-BER-TÄT, den spießigmiefigpiefigen Eltern Zentimeter um Zentimeter des Minirocks abgerungen. Sie haben mit der Studentin Lara die Bürger runter vom Balkon locken wollen, um dem Vietcong zu helfen. Sie haben nicht *Das Kapital* mit ihr gelesen, analysiert und diskutiert, sondern sich nur von ihr erzählen lassen, wie anstrengendanregend es ist, *Das Kapital* zu lesen, zu analysieren, zu diskutieren. Sie haben sich amüsiert, als Lara gegen die sozialistischen Eminenzen aufbegehrte, bevor sie sich von einem ihrer Schwänze entjungfern

ließ. Sie haben sich an ihre immer feministischer werdende Sprache gewöhnt, die patriarchalisch verhunzte Worte wie *Entjungferung* ablehnte, in der Schamlippen zu Venuslippen mutierten, *man* zu *frau* wurde und GenossInnen sich genossen. Heute lächeln Sie darüber, wie auch Lara darüber lächelt. Ach ja, die gute alte Zeit. Sie verging im Sauseschritt und Sie schritten mit. Blickten in die unzähligen Beziehungskisten, die Lara ihnen öffnete, ergötzten sich an Laras Sex in allen möglichen Spielarten, Sex mit Männern, Sex mit Frauen, manchmal war es vielleicht auch Liebe oder doch nur ein Ansturm der Endorphine im Gehirn? Lara fabulierte wortreich, metapherngesättigt, auch ironisch und mit Distanz zum Erlebten. Motto: *Wie ich die Fallstricke des Lebens meisterte*. Doch einer brachte sie ins Straucheln: Der *Mitte-Dreißig-Fallstrick*. Er tarnte sich unter der Parole *Die Fruchtbarkeitsuhr tickt* und gab ihr zu denken: Gehörte zu einem erfüllten Frauenleben nicht doch ein Kind? Schwangerschaft, Gebären, Stillen und die einzigartige Mutter-Kind-Symbiose, waren das nicht urweibliche Potenzen, die es auszukosten galt? Diese Überlegungen Laras kennen Sie gut, Sie haben sie gelesen im vierten Buch der Autorin Lena Löpersen. Pardon, der Bestsellerautorin Lena Löpersen, der *authentischen weiblichen Stimme in der deutschen Literatur*. Lena Löpersens Ich-Erzählerin Lara ließ Sie in ihre Gehirnwindungen gucken und gab in farbigen inneren Monologen ungeschützt ihre geheimsten Gedanken preis. Die Sie, – geben Sie es doch zu! – für die Gedanken der Autorin hielten. Lena Löpersens Gedanken beschäftigten sich jedoch vor allem mit der leicht gesunkenen Auflage ihres dritten Buches. Das Interesse ihrer Leserinnen an Laras Liebesverwicklungen ließ nach. Etwas Neues musste her! Das Abenteuer Kind! Lena würde sich auf dieses Abenteuer einlassen, um hautnah von Laras Erleben erzählen zu können. Denn nichts schenkt der Literatur so viel Lebendigkeit wie das Leben. So wurde ich ein Glanz in den Augen meiner Mutter, der Glanz der guten Hoffnung auf höhere Auflagenzahlen. Und ihre Rechnung ging auf. Der Cliffhanger am Ende des vierten Buches *Wird Lara sich für ein Kind entscheiden und wenn ja, von wem?* hat Sie zuverlässig zum Kauf des fünften Buches von Lena Löpersen verführt, stimmt's? Am Anfang waren Sie empört, als Sie lesen mussten, dass die Frage *Von wem?* keine Antwort finden würde, weil Lara zwar ein Kind wollte, aber keinen Vater dazu. Auch fanden Sie die Passagen des Buches über die Jungfernzeugung in Biologie und Mythos langweilig und überflüssig, denn Lara war ja doch auf ein männliches *Dazutun* angewiesen. Spannend zu lesen wurde es dann, wie es Lara gelang, einen befreundeten Gynäkologen zu überreden, ihr in seiner Praxis heimlich die Spermien eines anonymen Spenders *dazu zu tun*. Spätestens da ließen Sie sich wieder vom Sog des gerühmten *Löpersen-Sounds* in die Story hineinziehen. Sie haben noch genau die Szene im Kopf, wie Lara auf dem berüchtigten Stuhl vor ihrem Gynäkologenfreund lag, mit gespreizten Beinen und klaffender Vulva, wie er die Spermien durch einen Katheter in ihre Gebärmutter spritzte, wie Sie von der grandiosen Vorstellung gepackt wurden, jetzt, genau jetzt passiert Es! *Nothing turns into one* ließ meine Mutter ihre Lara in diesem schicksalsträchtigen Moment denken. Sie selbst hat eigentlich nur leichten Ärger verspürt, als ich gezeugt wurde, weil sie im ungeheizten Behandlungszimmer fröstelte. Der Lebensspender im weißen Kittel sei unfähig gewesen, die automatische Temperaturdrosselung am Sonntag auszustellen, mokierte sie sich. Ich habe sie nur dieses eine Mal nach meiner Herkunft gefragt. Ich war vierzehn. Ich hatte angefangen, ihre Bücher zu lesen. Ich wollte die Frau kennenlernen, gegen die ich mit der ungezügelten Wut meiner jungen Jahre aufbegehrte. Auch ich war damals so naiv wie Sie und habe geglaubt, durch Lara könnte ich etwas über ihre Schöpferin Lena erfahren. Ich lernte Lara als eine Frau kennen, die trotz all ihrer Macken sympathisch war, und ich kann gut nachvollziehen, wie Sie sich damals mit ihr über den positiven Schwangerschaftstest gefreut haben. Sie lächeln? Sie gestehen, sich ganz mit ihr identifiziert zu haben? Natürlich, Sie haben zusammen mit ihr stolz den prallen Bauch der Welt entgegengestreckt, ihn provozierend in einen Lesben-Buchladen getragen, den angeblich gebärneidigen Männern von der neuen Mütterlichkeit vorgeschwärmt. Sie waren bei den Vorbereitungen für die Hausgeburt dabei, bei den Gesprächen mit der Hebamme, ausgebildet in den USA in *Spiritual Midwifery*, Sie haben bei Laras Wehen mitgeatmet, das buddhistische OM gesungen, lange, laut, immer wieder OOOOOOM, um das Kind auf die Welt zu locken. Aber es kam nicht, wollte nicht, blieb stecken. Notruf, Krankenwagen, Uniklinik, Kaiserschnitt.

Diana war da.

Fortsetzung im nächsten Band. Lara als Mutter. Lara und ihre kleine Tochter Diana. Freuen Sie sich schon auf dieses aufregende Kapitel in Laras Leben, lesen Sie Szenen von beeindruckender Unmittelbarkeit, gestaltet von Lena Löpersen, der Autorin für die „neue Frau"!

Sie freuten sich auf diesen nächsten Band. Aber Sie mussten länger als gewöhnlich warten. Denn:

Ich war da.

Ich lag in den Armen meiner Mutter und kniff die Augen zu, weil der Arzt eine desinfizierende Lösung hineingeträufelt hatte. Kein Blickaustausch war möglich mit dem Neugeborenen, nein, der neu Geborenen, also auch kein *Bonding*, dieser Moment, in dem die unzerstörbare Mutterliebe entsteht, wie es die spirituellen Hebammenweisheiten verkündet hatten. Auch auf die Probleme mit dem Milchfluss, der ihren Brüsten nicht entströmen wollte, war sie nicht vorbereitet, schon gar nicht auf die schlaflosen Nächte mit einem schreienden Spuckling auf dem Arm, der ihr die Blusen versaute. Eigentlich hatte sie da schon genug vom *Abenteuer Kind*, davon bin ich überzeugt. Ein furchtbares Kind sei ich gewesen, hat sie mir bei unseren späteren Fehden vorgeworfen, immer fordernd, nie zufrieden, jede, aber auch wirklich jede Kinderkrankheit hätte ich mir angelacht, meine Trotzanfälle seien zum Davonlaufen gewesen, mein Stottern im Grundschulalter geradezu peinlich für sie als eine Frau der Sprache.

Nein, da war Diana ganz anders. Natürlich schrie auch sie mal und Mama Lara war auch mal übermüdet und ungnädig. Aber das waren nur flüchtige Schatten zu dem Zweck, der Literatur Lena Löpersens die nötige Tiefenschärfe zu verleihen. Lara, die *neue Frau*, durfte als *neue Mutter* durchaus auch widersprüchliche Gefühle gegenüber ihrem Kind haben. Da musste nichts mehr verdrängt werden, da konnte Lara ruhig den anderen Müttern in der Baby-Aktiv-Gruppe gestehen, dass sie ihre Tochter am liebsten *an die Wand klatschen* würde, wenn die mal wieder einen *Heidenrabatz* angesichts der begehrten Lutscher an der Supermarktkasse veranstaltete. Das haben Sie bestimmt mit Erleichterung gelesen, weil es Ihnen mit Ihrem Sohn/Ihrer Tochter/Ihren Kindern nicht anders erging. Wie mutig von Lara, das auszusprechen! Wie fortschrittlich! Emanzipiert! Ja, eine wirkliche Hilfe für Frauen wie Sie, die das überkommene Mutterbild von der Glucke überwinden wollten, ohne eine Rabenmutter zu werden. Und

Lara zeigte, dass es möglich war! Sie wurde eine berühmte Bildhauerin, wurde von aufregenden Männern geliebt und Töchterchen Diana entwickelte sich prächtig, wurde ein Wildfang, so herrlich ungestüm, aber auch so kindlich weise, dass ihr Kindermund viele Seiten bereicherte. Diana wickelte die Au-pair-Mädchen um den kleinen Finger, die auf sie aufpassten, aber ihre große Liebe war und blieb natürlich ihre Mutter, die jede freie Minute mit ihr verbrachte. Diana durfte im Atelier mit Farben rumschmieren, entzückte Lara später mit ihrem Zeichentalent, erfreute sie mit ihren guten Schulnoten und enttäuschte sie auch nicht, als sie sich gegen ein Kunst- und für ein Biologiestudium entschied. Diana ging ihren eigenen Weg, das musste so sein, da sprach Lara Ihnen wieder einmal aus dem Herzen. Diana wurde Schimpansenforscherin wie die berühmte Jane Goodall; ihre Erfahrungen mit den Menschenähnlichen und ihre Affäre mit einem verheirateten Anthropologen bereicherten die weiteren Bücher über Laras Leben, das unweigerlich zu den weniger prickelnden Phasen der Wechseljahre und des Alters voranschritt. Aber Lena Löpersen meisterte natürlich auch diese literarische Herausforderung mit ihrer gewohnten Offenheit und ihrem Humor, so dass Sie sich wieder bestens verstanden fühlten. Sie verfielen weiter dem Sog einer fiktiven Welt, von der Sie zu wissen glaubten, dass sie die reale repräsentiere. Nicht eins zu eins, nein, so naiv waren Sie nie, aber auch wenn die Figuren in den Romanen anders hießen und wenn sich manches sicher nicht genauso abgespielt hat, im Kern ist doch alle Literatur autobiografisch, nicht wahr, und durch das fiktive Leben scheint doch das wirkliche Leben hindurch und in Laras Romantochter Diana steckt doch jede Menge von der realen Tochter der Autorin Lena Löpersen, nicht wahr ...

Nicht wahr!

Ich weiß, Sie werden mir nicht glauben. Wie könnte ich es schaffen, Ihre jahrzehntelange Identifikation mit Lara und ihrer Tochter Diana aufzubrechen? Ich beherrsche nicht die Kunst meiner Mutter, eine Figur zu entwickeln, packende Dialoge zu schreiben, Sie mit allen Finessen einer gewieften Romanautorin einzuspinnen in ein Textnetz, aus dem Sie nicht mehr entkommen können. Ich verabscheue Fiktionen. Ich kann Sie nur knapp und sachlich mit meiner Sicht konfrontieren: Meine Mutter war und ist eine eiskalte, liebesunfähige, berechnende Frau, sie wollte mich nicht gelegentlich mal *an die Wand klatschen*, sondern sie hat mich hinter dicken Wänden von sich ferngehalten. Ich hatte mein eigenes Reich in ihrer großen Villa, vollgestellt mit allem Käuflichen, was ein Kinderherz angeblich begehrt, und bevölkert mit gedungenem Dienstpersonal, sogenannten Kinderfrauen. Wenn meine Mutter sich manchmal in mein Reich verirrte, waren wir uns fremd, wussten nichts miteinander anzufangen. Sie war froh, mich nach einer Schamfrist wieder der Kinderfrau zu überlassen; ich war froh, wenn sie wieder ging. Nur zu Weihnachten, an meinem Geburtstag oder wenn mal wieder eine Fotostrecke von der Autorin mit ihrem entzückenden Kind für eine Homestory geschossen wurde, holte mich meine Mutter für längere Zeit in ihr Reich. Ich hatte kein Zeichentalent und auch nicht das Äquivalent, das Sie dahinter vermutet haben: das Schreibtalent. Ich war keine gute Schülerin, ich war eine sehr gute Schülerin und heute bin ich Verhaltensforscherin und arbeite seit Jahren mit Raben. Ich bin gleich nach dem Abitur aus der Villa meiner Mutter ausgezogen, die nie mein Zuhause war. Ich habe meine Mutter seit zwanzig Jahren nicht mehr gesehen.

Seh'n Sie! Sie glauben mir nicht. So kann eine Frau, die in vielen Büchern einfühlsam über die Mutter-Tochter-Beziehung geschrieben hat, nicht mit ihrer eigenen Tochter umgegangen sein, da sind Sie sich sicher. Wie konnte Lena Löpersen über mütterliche Gefühle schreiben, wenn sie sie nie empfunden hat? Das kann ich Ihnen sagen: Sie hat sie empfunden. Ihrer Romantochter Diana gegenüber. Tief und ehrlich. Aber nicht mir gegenüber. Ich war der Irrtum, die Enttäuschung, das Widerspenstige, Unverständliche. Sie mochte mich nicht. Und ich mochte sie nicht. War es so einfach? Ich weiß es nicht.

Warum ich Ihnen das alles erzähle? Weil ich Sie nie wieder auf einer Party treffen möchte. Sie oder eine der unzähligen Ihresgleichen. Weil ich nie wieder, nachdem der Gastgeber mich als Rabenforscherin Dr. Löpersen vorgestellt hat, die Frage hören möchte:

„Löpersen? Ach, sind Sie die Tochter der berühmten ...?"

Und wenn ich mit abwehrender Miene nicke, kommt trotzdem der Satz:

„Wissen Sie, ich habe so viel über Sie gelesen, dass Sie mir wie eine gute Freundin vorkommen, ist das nicht komisch?"

Nein, das finde ich gar nicht komisch, aber wenn ich darauf beharre, dass Sie mich nicht kennen, überhaupt nicht kennen, erscheint ein wissendes Lächeln auf Ihrem Gesicht:

„Keine Angst, ich verwechsle Sie nicht mit der Diana aus den Romanen Ihrer Mutter, aber die Literatur schafft ja aus Fiktionen Wahrheiten, die oft wahrer sind als die Wirklichkeit."

Auf mein entschiedenes „Nein!", folgt eine Höflichkeitspause und dann die gutmütige Frage:

„Und, was machen Ihre Schimpansen?"

Aber Sie wollen immer noch nicht Abschied nehmen von dem Bild, das Sie sich im Lauf der Jahrzehnte von meiner Mutter und mir gemacht haben, ich spüre das. Schon gar nicht, nachdem Sie erst gestern Lena Löpersens letzten Roman zu Ende gelesen haben, in dem Lara nach langem und tapferem Kampf ihrem Brustkrebs erliegt. Sie sind noch ganz beeindruckt von der Hingabe, mit der Diana ihre sieche Mutter gepflegt hat, und dann diese ergreifende Abschiedsszene am Sterbebett! Sie schämen sich nicht, dass Ihnen Tränen auf die Buchseite gerollt sind, warum auch, Sie sind ein sensibler Mensch. Und als Sie im Klappentext lasen, dass die Autorin dieses Buch erst drei Wochen vor ihrem Tod vollendet hat, waren Sie erschüttert, als wäre Ihre Schwester gestorben.

Ich versichere Ihnen, Lena Löpersen hat nicht tapfer gegen ihren Krebs gekämpft. Sie war eine ewig jammernde und die Ungerechtigkeit des Schicksals anklagende Patientin. Woher ich das weiß? Nein, ich habe sie nicht gepflegt, das war eine freundliche und geduldige Frau aus Polen. Aber ich habe Briefe von ihr erhalten, lange, bettelnde Briefe, ich möge sie besuchen, wir müssten uns versöhnen, sie könne nicht im Unfrieden mit mir aus dem Leben scheiden.

Ich habe sie besucht, meine geschrumpfte Mutter, habe aufmerksam ihr ausgemergeltes Gesicht betrachtet, ihr in die erwartungsvollen Augen geschaut. Sie hat mir ihre zitternde Hand entgegengestreckt.

„Bitte!", hat sie gesagt.

„Ich hasse dich", habe ich geantwortet.

Sie schütteln den Kopf. Ich wusste, Sie würden mir nicht glauben. Sie kennen mich nicht.

II

Ariane Löpersen starrt auf den Monitor. Was hat sie da geschrieben? *Ich hasse dich.* Und sie hat ihre Mutter umgebracht, einfach so.
– Nur auf dem Papier! –
Noch nicht mal. Nur in einer digitalen Datei. Schnell schließt sie die Datei und klickt auf löschen.
Möchten Sie „Dok1.doc" wirklich in den Papierkorb verschieben?
Ja!
Sie atmet auf. Nie geschehen. Welcher Teufel hat sie bloß geritten, an einem gewöhnlichen Arbeitstag statt der Protokolle über die letzten Experimente dieses Machwerk in die Tasten zu hauen?
– Zu hauen? –
Ja, unnötig heftig war ihr Anschlag auf die Druck verstärkenden Tasten, die ihre Fingerspitzen sonst nur antippen.
– Was für eine Vergeudung von Energie! –
Der ganze Text ist das Ergebnis einer Vergeudung von Energie, Lebensenergie, Gefühlsenergie, befindet Ariane. Sie will sich doch nicht mehr mit ihrer Mutter beschäftigen, das Thema ist abgearbeitet, aufgearbeitet, verarbeitet.
– Offenbar nicht. –
Ariane blickt aus dem Fenster ihres Büros auf einen verschneiten Hügel, ein verschneites Tal, verschneite Bäume, Weiß, soweit das Auge blickt, weiß mit zwei schwarzen Flecken.

– Hugin und Munin? –

Sie ist nicht so vermessen zu glauben, sie könnte ihre beiden Lieblingsraben aus der Ferne von anderen unterscheiden, aber so eng wie die beiden nebeneinander nach Futter suchen, könnten sie es gut sein.

– Good old friends. –

Sie hat Hugin und Munin oft beobachtet, wie sie miteinander spielten, sich gegenseitig auf verstecktes Plastikspielzeug hinwiesen und sogar Futter miteinander teilten. In freier Wildbahn, als Mitglieder eines Jungvogelschwarms, hätten sie durch ihre Kooperation gute Chancen auf einen oberen Platz in der Rabenhierarchie, denn treue Freundespaare sind in der Regel auch gewiefte Networker. Aber als zwei von fünfzehn handaufgezogenen Kolkraben der *Konrad-Lorenz-Forschungsstelle* nützt ihre Freundschaft nicht ihrer eigenen Karriere, sondern nur den Karrieren des kleinen Teams von Verhaltensforschern unter Prof. Kortschal. Vor allem Dr. Ariane Löpersen macht Experimente mit ihnen, um dem Zusammenhang zwischen der Fähigkeit zur Kooperation und der Intelligenz nachzuspüren. Bei ihrer Suche nach den Ursachen für die verblüffende Klugheit der Raben findet sie immer neue Belege dafür, dass ein vielfältiges Sozialleben bei Tieren die Entwicklung der Intelligenz fördert.

– Nicht nur bei Tieren! –

Ariane erlaubt sich diesen Gedanken, obwohl sie zur Intelligenzentwicklung bei Menschen nicht geforscht hat. Mit den Rätseln dieser Lebewesen sollen sich andere abplagen. Sie faszinieren die Geheimnisse der Raben.

Mentale Leistungen und komplexe soziale Strukturen der Corvidae im Diskurs der Social-Brain-Hypothese.

Diesen bewusst schlicht formulierten Titel ihrer Doktorarbeit hat sie ihrer Mutter zigmal vorgebetet, aber Lena war nicht imstande, ihn sich zu merken.

„Corvidae?", hat sie immer wieder gefragt.

„Das ist der Name für die Familie der Rabenvögel", hat Ariane schließlich nicht mehr erklärt und auch nicht, was es mit der *Social-Brain-Hypothese* auf sich hatte. Es war sinnlos. Alles, was nicht mit Literatur zu tun hatte, nahm ihre Mutter nur am Rande wahr. Wissenschaftliche Erkenntnisse über Raben interessierten sie nicht. Dafür nervte sie Ariane mit ihrem Gerede über den Raben als Metapher, die Rolle des Raben in der Bibel, den Raben im Mythos, speziell im germanischen:

„Den Germanen waren die Raben heilig, das solltest du wissen als Rabenforscherin, Ariane! Die beiden Raben Hugin und Munin waren Boten des höchsten Gottes Odin, saßen auf seinen Schultern und galten als die Quellen seiner Weisheit!"

– Das interessiert mich nicht die Bohne! –

Trotzdem hat Ariane ihren beiden Lieblingsraben die Namen Hugin und Munin verpasst. Warum auch nicht? Sie fand es witzig, die beiden aus dem Nest gefallenen, verdreckten und verletzten Küken nach *Quellen göttlicher Weisheit* zu benennen. Jetzt sind sie zu Quellen wissenschaftlicher Erkenntnis herangewachsen, prächtige, gut genährte, ausgewachsene Vögel. Ariane wird sich immer sicherer, dass es Hugin und Munin sind, die vor ihrem Fenster im Schnee stochern, obwohl sie keinen einzigen Beweis dafür anführen könnte. Intuition. Der sie gewöhnlich misstraut. Aber in diesem Fall ist es vollkommen egal. Sie muss ja niemanden von ihrer Hypothese überzeugen. Es ist eine rein private Vermutung. Die muss keinen wissenschaftlichen Kriterien standhalten.

– Wieso habe ich Lena sterben lassen? –

Während Arianes Augen weiter auf das Weiß des Januars 2010 gerichtet sind, blickt sie in das Schwarz ihrer Seele.
– Lächerlich! –
Schwarz ihrer Seele! So würde Lena schreiben. Ihre Bestsellermutter. Ihre Mutter, die früher einmal Bestseller geschrieben hat. Schwarz als Metapher für das Böse. Für Ariane gibt es kaum etwas Schöneres als das blau schimmernde Schwarz des Rabengefieders. Und nie würde sie ihre Mutter als Rabenmutter bezeichnen. Rabenmütter kümmern sich sorgfältig und aufmerksam um ihre Jungen. Erst wenn es für die Jungvögel an der Zeit ist, selbstständig zu werden, reagieren sie nicht mehr auf deren Betteln nach Futter. Und nach Aufmerksamkeit.
– Habe ich als Kind um Aufmerksamkeit gebettelt? –
Nie! Niemals! Vielleicht als Kleinkind? Das kann Ariane natürlich nicht wissen, darauf hat das autobiografische Gedächtnis keinen Zugriff. Sie erinnert sich nur an das vorherrschende Gefühl gegenüber ihrer Mutter: *„Wenn du mich nicht willst, will ich dich auch nicht.* Sie ist Lena nicht hinterhergelaufen, im Gegenteil. Sie ist oft weggelaufen: wenn sie mit Lena am Abendbrottisch sitzen und über ihre Schulerfolge Auskunft geben sollte, wenn ihre Mutter wissen wollte, ob sie endlich wenigstens eins der schönen Kinderbücher gelesen habe, die sie ihr so reichlich schenkte, wenn sie die Arbeit des jeweiligen Au-pair-Mädchens bewerten sollte.
– Nichts wie weg! –
An diesen Impuls erinnert sie sich. Sie fühlte sich nicht gemeint. Natürlich hat Lena sie nicht nur zu Feiertagen und für Fotosessions bei sich haben wollen, wie Ariane es vor wenigen Minuten einer imaginierten Leserin der Bücher ihrer Mutter anvertraut hat. Eine literarische Zuspitzung, würde Lena

das nennen. Unerlässlich, um Wirklichkeit in Text zu überführen und im Text die Wirklichkeit wieder aufscheinen zu lassen.

– Unwillkommen. –

Das war das Gefühl, das sie hatte. Ich bin unwillkommen. Und das Gefühl, nicht die Richtige zu sein. Schon lange, bevor sie die Bücher ihrer Mutter und ihre Rivalin Diana entdeckt hatte.

– Diana, die Traumtochter! –

Lenas Traum von einer Tochter, das war Diana! Diana war nicht nur eine fiktive Gestalt, schon gar nicht Arianes Alter Ego! Sie war Lenas Hirngespinst. Diana hatte mit Ariane nichts, aber auch gar nichts zu tun, auch wenn sie ihr äußerlich aufs Haar glich. Aufs straßenköterblonde Haar, das Lena bei Diana als *dunkles Blond* beschrieb. Diana war mittelgroß wie Ariane, schaute auch mit braunen Augen in die Welt, ihr Profil fiel nicht ganz so klassisch aus wie das ihrer Mutter Lara, weil ihre Nase etwas breiter und das Gesicht runder war, wie auch Ariane nicht an das edle Profil ihrer Mutter Lena heranreichte. Lena hat sich nicht viel Mühe mit der Verfremdung gegeben! Selbst Dianas Geburtstag am 15.Januar 1976 lag nur zwei Tage von Arianes Geburtstag am 17. Januar 1976 entfernt.

Und der Modus ihrer Zeugung ... Ariane hatte inständig gehofft, sie sei nicht so gezeugt worden, wie sie es als Sechzehnjährige im fünften Buch ihrer Mutter gelesen hatte. Aber in dem die Spermien eines Samenspenders in Laras Uterus spritzenden Gynäkologen Herbert hatte sie unschwer Onkel Helmut erkannt, war auf ihr Moped gestiegen und zu ihm gebraust.

– Onkel Helmut, mein Held, mein Halt. –

Ariane schaut auf die tanzenden Bälle auf ihrem Bildschirmschoner und sieht sich mit 25 km/h von der Villa ihrer Mutter in dem Dorf Dassendorf bei Hamburg durch den Sachsenwald zum fünf Kilometer entfernten Aumühle fahren.

Es war dunkel, die Landstraße durch den Wald wurde nur vom mickrigen Scheinwerfer ihres Mopeds so weit beleuchtet, dass sie nicht blind fahren musste. Zu beiden Seiten erkannte sie die Silhouetten der riesigen Fichten, die am Tag eine grüne Düsternis verbreiteten, jetzt aber als Ursprung der Schwärze der Nacht erschienen. Doch sie fürchtete sich nicht. Sie kannte den Weg, fuhr auf ihm regelmäßig an Schultagen zu ihrem Gymnasium, früher mit dem Rad, seit ihrem 16. Geburtstag mit dem Moped. Und den Wald liebte sie wie ein Zuhause. Sie hatte in ihm ein Baumhaus und eine mit Moos gepolsterte Höhle, sie kannte jede Baumart, wusste Farne zu unterscheiden, Pilze zu bestimmen und erkannte, welcher Ruf von welchem Vogel stammte. Sie verhielt sich ruhig, wenn sie gelegentlich Wildschweinen begegnete, und freute sich über Sichtungen von Eichhörnchen, Rehen und selten auch mal einem Fuchs.

– Da! Eine Wildkatze! –

Nur kurz leuchteten am Straßenrand zwei Augen im Scheinwerferlicht auf, doch Ariane war sich sicher, dass es sich um die phosphoreszierenden Augen einer Wildkatze handelte. Tagsüber bekam sie diese seltenen Waldbewohner nie zu Gesicht. Aber es gab sie wieder im Sachsenwald, das hatte ihr Biologielehrer ihr bestätigt.

– Faszinierende Tiere! –

Ariane dachte noch darüber nach, was sie über Wildkatzen und deren Verbreitung wusste, als sie die ersten Häuser Aumühles erreichte. Wenige Minuten später kam sie vor der Praxis von Dr. Helmut Schaulandt an und ihre Gedanken über Flora und Fauna des Sachsenwaldes wurden wieder in den Hintergrund gedrängt. Normalerweise würde sie Onkel

Helmut als Erstes von ihrer Begegnung mit der Wildkatze erzählen, aber deswegen war sie heute nicht spät durch Nacht und Wind zu ihm geknattert. Ariane parkte ihr Moped vor der Praxis und klingelte an der Tür zum privaten Teil des Hauses. Ingrid Schaulandt öffnete.
„Hallo, Ariane! So spät noch unterwegs?"
„Tag, Tante Ingrid. Onkel Helmut auch da?"
Ingrid nickte, nahm Ariane in die Arme und drückte sie einmal fest an sich, wie sie es immer zur Begrüßung tat. Nachdem sie ihr den Helm und die Jacke abgenommen hatte, führte sie Ariane ins Wohnzimmer, wo ihr Mann mit hochgelegten Beinen in seinem Sessel saß und einen Krimi las. Auch auf seinem Gesicht malte sich Überraschung über den späten Besuch ab. Er stand auf, ließ sich von Ariane die ihm zustehenden Küsschen auf beide Wangen drücken, bevor er fragte:
„Weiß Lena, dass du hier bist?"
„Ich bin sechzehn."
„Trotzdem."
„Sie ist nicht da. Lesereise."
Ariane hatte nicht das Gefühl zu lügen, obwohl ihre Mutter sehr wohl zu Hause war.
– Sie kriegt's sowieso nicht mit. –
„Onkel Helmut, ich möchte dich was fragen. Was Intimes."
Ingrid verstand den Wink und verließ mit Augenzwinkern das Wohnzimmer:
„Dann lass ich euch beiden Hübschen mal allein."
Ariane setzte sich Helmut gegenüber und wusste nicht, wie sie anfangen sollte. Plötzlich hatte sie ihr ganzer Mut verlassen.
„Was ist, Murkel, hab ich bei deiner Aufklärung irgendwas vergessen?"

Helmuts aufmunterndes Lächeln und sein Kosename für sie trieben ihr Tränen in die Augen. Murkel. Ja, sie war sein Murkel und wollte es auch bleiben.

„Na, aber, was ist denn los mit dir? Ein ernsthaftes Problem?"

Ariane wischte sich die Tränen aus den Augen und lächelte entschuldigend.

„Quatsch. Kein Problem. Es ist nur so ... ist nur so, dass ich jetzt Lenas Buch *Mein neuer Mensch* gelesen hab, wo sie beschreibt, wie ... wie Laras Tochter Diana gezeugt worden ist, und da ..."

„Und da fragst du dich, ob du auch so gezeugt worden bist."

„Genau."

Ariane nickte erleichtert. Onkel Helmut verstand sie, wie er sie immer verstanden hatte. Sie hat sich oft gewünscht, dass er ihr Vater wäre und nicht irgendein namenloser Mann, mit dem ihre Mutter damals eine einzige Nacht verbracht hatte. Das hat Lena bisher jedenfalls auf ihre zaghaften Nachfragen behauptet und immer hinzugefügt: *Der spielt keine Rolle.*

– Für mich schon! –

Sie vermisste einen Vater, wünschte sich eine Vater-Mutter-Kind-Familie, auch wenn Lena sich über ihre *kleinbürgerliche Seele* lustig machte und sie provozierend gefragt hatte:

„Was fehlt dir denn? Jemand, der stundenlang in der Glotze Sport guckt und am Wochenende sein Auto poliert? Guck dich doch mal um unter den Vätern deiner Klassenkameradinnen! Manche schlagen ihre Töchter sogar, wenn nicht gar Schlimmeres! Du träumst dir einen idealen Vater zurecht, mein Kind, aber die Wirklichkeit sieht anders aus, glaub mir. Sei froh, dass ich dir das erspare!"

Ganz Unrecht hatte ihre Mutter nicht, was die Väter ihrer Klassenkameradinnen anging, das musste Ariane zugeben.

Aber es gab auch andere Väter, fürsorgliche Väter, verständnisvolle Väter, warmherzige Väter.

– Kenn ich einen? –

Onkel Helmut wäre ein solcher Vater. Wenn er ein Vater wäre. Er wäre es gern geworden, das hatte er ihr einmal anvertraut, aber Ingrid konnte keine Kinder bekommen.

Für Ariane war es ein Glück, denn hätte Onkel Helmut sich so um sie, sein geliebtes Murkel, gekümmert, wenn er selbst Kinder gehabt hätte? Das wollte sie sich lieber nicht ausmalen. Er hatte sich selbst zu ihrem Patenonkel ernannt, auch wenn sie nie getauft worden war. Aber war er wirklich nur ihr *„unchristlicher Patenonkel"*, wie er sich selbst gern nannte, oder war er auch Lenas Gehilfe bei ihrer Entstehung gewesen?

– Bei meiner Produktion? –

Helmut schwieg immer noch, obwohl Ariane ihn erwartungsvoll anblickte. Er fuhr sich mit der Hand über die wenigen Haare, die ihm verblieben waren, schloss sogar eine lange Weile seine Augen, als wolle er sich ihrem Blick entziehen. Ohne das immer noch strahlende Blau seiner großen Augen wirkte sein Gesicht wie eine Landschaft, der man das Wahrzeichen genommen hatte. Ariane hätte es kaum beschreiben können, so wenig markant waren seine Gesichtszüge. Aber als er seine Augen wieder öffnete, sah sie sich sofort einem unverwechselbaren Gesicht gegenüber. Dem vertrauten Onkel Helmut-Gesicht, dessen Mund behutsam Worte formte:

„Also es war so: Lena hat mich damals tatsächlich gebeten, bei ihr eine … eine Insemination … du weißt, was das ist?"

„Ja, klar. Eine Befruchtung mit Spendersamen."

„Mit Spermien, ja. Also meine Aufklärung hat bei dir ja gut geklappt, scheint mir."

„Red Klartext, bitte!"

„Also, wie gesagt, Lena hat mich gebeten ..."
„Und du hast es gemacht?"
„Äh ..., ja, rundheraus gesagt: Ich hab's gemacht. Ich ... du ... du findest das ... Findest du, dass ich etwas Falsches gemacht hab? Immerhin ... ich meine ... du verdankst diesem ... sagen wir mal ... Eingriff ... dein Leben."
„Vielen Dank auch."
– Glotz mich nicht mitleidig an! –
Ariane versuchte, ihre Wut zu zügeln. Sie wollte nicht wütend auf Onkel Helmut sein. Wut war für ihre Mutter reserviert. Dennoch platzte es aus ihr heraus:
„Warum hast du dich zu Lenas Helfershelfer gemacht? Konnte sie nicht ganz normal mit irgendeinem Typen vögeln, um schwanger zu werden? Was sollte der Scheiß?"
„Sie wollte sicher gehen, dass ... dass der Erzeuger nicht doch irgendwann Ansprüche als Vater anmelden würde. So hat sie's mir erklärt."
„Und das hat dir eingeleuchtet?"
Helmut wand sich, quälte sich sichtbar mit einer Antwort, die dann in langen Erläuterungen zwischen der Situation in den Siebzigern, dem Einfluss des Feminismus und der besonderen Persönlichkeit Lenas mäanderte. Ariane hörte kaum hin. Sie hatte inzwischen fünf Bücher ihrer Mutter gelesen. Sie wusste alles über das Patriarchat, mutterrechtliche Kulturen und die mittelalterliche Verteufelung von Hebammen als Hexen. Sie hatte gelesen, dass Männer Frauen unterdrückten, indem sie ihnen einredeten, nur ein vaginaler Orgasmus sei ein richtiger Orgasmus und die Klitoris sei ein überflüssiges Organ. Und leider hatte nicht nur sie endlose Szenen gelesen, in denen Lenas Protagonistin Lara in ermüdender Detailver-

sessenheit die Erforschung ihres eigenen Körpers schilderte. Szenen, wie diese:

„Ein Schmuckstück!", rief Lara begeistert aus, als sie zum ersten Mal durch ihre von einem Spekulum geöffnete Vagina ihren bläulichrot schimmernden Muttermund im Spiegel erblickte.

Das hatten auch einige ihrer Klassenkameradinnen und, schlimmer noch, einige ihrer Klassenkameraden gelesen, lästerten darüber und zogen sie auf:

„Leiht deine Mutter dir denn auch mal ihr ... wie heißt das Dings? ..." (demonstrativer Blick ins Buch) „... ach, ja ... ihr Spekulum? Und wischst du's ab, bevor du's dir reinschiebst?"

Es trieb ihr die Schamesröte ins Gesicht, was ihre Verteidigung nur hilflos wirken ließ:

„Was diese Lara im Buch macht, hat mit meiner Mutter nicht das Geringste zu tun! Das ist reine Phantasie! Literatur! Fiktion! In Deutsch mal wieder nicht aufgepasst, oder was, ihr Idioten!"

Sie log so gut sie konnte, obwohl sie sich sicher war, dass Lara Lena war, dass ihre Mutter all das, was sie ihrer Figur angedichtet hatte, selbst so erlebt, gedacht, gefühlt, gesagt, getan hatte. Aber sie fragte sie nie danach. Sie wollte nichts davon hören, wollte es nicht wissen und schon gar nicht mit ihr darüber reden. Es war nur schrecklich, peinlich, unerträglich. Sie wollte auch jetzt nichts mehr darüber von Onkel Helmut hören und unterbrach ihn:

„Mit anderen Worten: Du fandest es ganz okay, was Lena von dir verlangte."

„Was heißt hier okay? Ich fand's verständlich. Lena wollte eben einem Kind den schädlichen männlichen Einfluss ersparen, so hat sie's jedenfalls damals gesagt."

„Aber du bist doch selbst ein Mann!"

Helmut schmunzelte.

„Bin ich das? Nein, im Ernst, Murkel, ich fand schon, dass Lena in vielem Recht hatte. Die meisten Männer waren damals noch so in ihren traditionellen Rollen verhaftet, das können sich junge Frauen wie du heute gar nicht mehr vorstellen. Da hat sich unheimlich viel verändert. Und das verdankt ihr auch und gerade Frauen wie Lena!"

– Typisch! Er nimmt sie in Schutz! –

Ariane hatte genug. Sie wollte jetzt nur noch eins wissen:

„Von wem stammten die Spermien?"

„Das weiß ich nicht."

„Das glaub ich dir nicht."

„Das musst du mir glauben! Ich weiß es wirklich nicht, sonst würde ich es dir sagen."

„Du musst doch wissen, wer bei dir in der Praxis gewichst hat, um …"

„Murkel, ich bitte dich! Was sind das für Ausdrücke! Hör zu, es war so: Ich habe einen befreundeten Gynäkologen, der Unfruchtbarkeitsuntersuchungen bei Paaren machte, gebeten, mir auszuhelfen … mit einem … Cocktail …"

„Mit einem was?"

„Mit einem Spermien-Cocktail. Lena hat größten Wert auf absolute Anonymität gelegt, verstehst du? Das war dann gar nicht so einfach mit dem Transport …"

„Danke. Erspare mir die Einzelheiten. Wie heißt dein hilfsbereiter Kollege und wo wohnt er?"

„Auf dem Friedhof. Bitte, Murkel, verrenn dich nicht! Du musst dich damit abfinden, dass du deinen biologischen Vater nicht herausfinden wirst. Aber … ich meine … ich habe mich ja bemüht … natürlich konnte ich dir einen Vater nicht ersetzen, aber ... sagen wir mal so ... ich habe versucht, ein wenig das männliche Element in deiner Erziehung ..."

„Wer ist hier ein männliches Element?"

Mit diesen Worten und einem schalkhaften Lächeln betrat Ingrid den Raum und stellte ein Tablett mit belegten Schnittchen auf den Tisch.

„Ich dachte mir, ihr könntet vielleicht eine Stärkung gebrauchen bei eurem Intimgespräch."

„Du hast immer so gute Ideen, Schatz!"

Helmut griff sich sofort ein mit Leberwurst beschmiertes Brot und machte eine einladende Handbewegung, die Ariane aber nur mit einem Kopfschütteln beantwortete. Ingrid musterte sie besorgt:

„Ich will euch ja wirklich nicht weiter stören, aber kann ich vielleicht irgendwie helfen?"

– Ja, hilf mir, bitte! –

Unter Ingrids freundlichen Augen fühlte sich Ariane wieder wie als Kind, wenn sie sich das Knie aufgeschlagen hatte oder eine ungerechte Zensur verkraften musste oder von ihrer besten Freundin geschnitten worden war. Und meistens war es Tante Ingrid gewesen, zu der sie dann ging, die ein Pflaster und *Heile, heile, Gänschen* für die körperliche Wunde spendete und Trost und Rat für die seelischen. Wie wohltuend war ihr Blick immer gewesen, nicht nur, wenn er anerkennend auf ihr ruhte, sondern sogar, wenn sie Missbilligung oder sogar Ärger in ihm wahrnahm. Er meinte immer sie, vorbehaltlos, während sie noch im freundlichsten Blick ihrer Mutter eine Reserve spürte.

– Ich bin nicht richtig. –

Dieses Gefühl hatte sie bei Tante Ingrid nie. Sie hatte sich willkommen gefühlt, wann immer sie im Nachbarhaus in Dassendorf aufgekreuzt war, in dem Dr. Helmut Schaulandt seine gynäkologische Praxis betrieben hatte. Ingrid, die für ihren Mann als Sprechstundenhilfe arbeitete, hatte sich selbst während des größten Patientenandrangs Zeit für sie genommen. Dafür hatte Ariane ihr gern beim Einsortieren der Patientenkarteien geholfen oder sie hatte einfach im Hintergrund an einem Tisch gesessen und mit Buntstiften Bilder von den Pflanzen und Tieren des Sachsenwaldes auf die Rückseite alter Laborberichte gemalt. Nachdem Helmut seine Praxis vor drei Jahren nach Aumühle verlegt hatte, war Ariane oft nach Unterrichtsschluss zu den Schaulandts gegangen. Dass sie schließlich nicht nur an einzelnen Tagen, sondern gleich wochenweise bei ihnen auch übernachtete, machte sie ihrer Mutter dadurch plausibel, dass ja ihr Gymnasium in Aumühle war und sie sich so den fünf Kilometer langen Hin- und Rückweg mit dem Rad sparte. Lena erhob keinen Einwand, auch nicht, als Ingrid ihr bei einem Besuch das offizielle Gästezimmer vorführte, das Ariane inzwischen mit Postern aus der *Bravo* und dem *Naturfreund* ganz nach ihrem Geschmack gestaltet hatte.

Ariane seufzte auf. Am liebsten hätte sie sich jetzt weinend in Tante Ingrids Arme geflüchtet, wollte wieder ganz Kind sein, vertrauensvoll zu ihr aufschauen und sich trösten lassen. Stattdessen fragte sie mit so viel Kälte in der Stimme, wie ihr möglich war:

„Hast du von der Rolle gewusst, die Onkel ... die dein Mann bei meiner Zeugung gespielt hat?"

Ingrid setzte sich in einen der Sessel und sah Ariane unverändert freundlich an:

„Ich wusste, dass du diese Frage irgendwann stellen würdest. Lena hat aus ihrem Leben ja nicht gerade ein Geheimnis gemacht."

Sie lachte kurz auf und tauschte mit Helmut einen ironischen Blick.

„Ja, Ariane, ich hab davon gewusst. Aber erst hinterher. Erst als Lena schwanger war, hat Helmut es mir gebeichtet. Ich war schwer schockiert, ich fand es überhaupt nicht gut, ich hätte es niemals gebilligt. Ich habe Helmut eine Riesenszene gemacht und Lena um ein Haar die Freundschaft aufgekündigt. Aber ... es war geschehen. Ich konnte es nicht rückgängig machen, oder?"

„Warum hast du es mir nie erzählt? Warum musste ich es erst in Lenas Buch lesen?"

„Lena hat gesagt, sie würde es dir erklären, wenn du alt genug bist, um es zu verstehen. Ich konnte ihr doch nicht vorgreifen! Sie ist immerhin deine Mutter."

„Ist sie das?"

„Daran besteht ja wohl kein Zweifel."

„Ich glaub nichts mehr. Und niemandem! Ihr habt mich alle verraten. Ihr könnt mich mal!"

Ariane sprang auf, gab dem Tablett einen Stoß, dass die Schnittchen erst in die Luft flogen und dann auf den Boden, rannte aus dem Zimmer, aus dem Haus, über den Parkplatz sprang auf ihr Moped und fuhr ohne Jacke und Helm in den dunklen Sachsenwald hinein.

Ariane wendet ihren Blick von den tanzenden Bällen ihres Bildschirmschoners ab und schaut wieder aus dem Fenster. Hugin und Munin lassen sich den Hügel herunterrollen. Dieses Spielverhalten hat Ariane schon oft bei ihnen beobachtet. Aber nicht im Schnee! Sie macht sich eine kurze Notiz und schaut wieder aus dem Fenster. Die Raben sind weggeflogen. Jetzt trifft nur noch Schneeweiß auf die Stäbchen und Zapfen in ihren Augen, die es ordnungsgemäß als elektrische Impulse an das Sehzentrum ihres Gehirns weiterleiten. Doch ihr Gehirn ist anderweitig beschäftigt, erstellt aus den Puzzleteilen der Erinnerung noch einmal das Bild der durch die Luft fliegenden Schnittchen und der erschrockenen Gesichter Onkel Helmuts und Tante Ingrids an jenem Tag im Herbst 1992. Arianes Zorn über die beiden legte sich schnell. Sie waren ja nur Marionetten an den Fäden ihrer Mutter! Das Einzige, was sie ihnen, wenn auch nur im Geheimen, vorwarf, war ihre ungebrochene Loyalität gegenüber Lena. Nie ließen sie ein böses Wort über sie fallen, und wenn Ariane ihren Unmut über ihre Mutter äußerte, hatten sie immer verständnisvolle Erklärungen parat.

– Treue Freunde bis in den Tod. –

Der bei Dr. Helmut Schaulandt an diesem Abend nur noch sieben Jahre in der Zukunft lag. Ein Herzinfarkt am Vorabend seines neunundsechzigsten Geburtstags beendete sein Leben und veränderte Ingrids von Grund auf. Aus der lebenslustigen, warmherzigen und wissbegierigen Frau wurde eine verhärmte, depressive und nur in der Vergangenheit lebende Witwe.

– Der Preis der Liebe? –

Für Ariane waren Helmut und Ingrid immer ein Vorbild für eine funktionierende Ehe, die auch nach vielen Jahren noch von Liebe, Respekt und Zärtlichkeit geprägt war, der leibhaftige Beweis für die Lächerlichkeit von Lenas Lieblingsspruch *Männer und Frauen passen einfach nicht zusammen*. Aber Ingrids Verfall nach Helmuts Tod war entsetzlich mit anzusehen. Weshalb Ariane sich auch immer mehr davor drückte. Sie besuchte Ingrid selten in ihrem Haus in Aumühle, das zu einem Museum mutierte, in dem alles so blieb wie zu Helmuts Lebzeiten.

– Verdammt schäbig von mir! –

Ariane erinnert sich nicht gern daran, wie wenig sie ihrer Nenntante, die doch so viel mehr für sie gewesen war als es eine richtige Tante je hätte sein können, für all ihre Fürsorge gedankt hat. Sie hat sie während ihres Studiums in München nicht häufiger besucht, als sie ihre Mutter besucht hat. *Zu viel zu tun! Die lange Fahrt!* Diese Argumente konnte sie erst recht vorschützen, als sie mit ihrer Arbeit in der Forschungsstelle im österreichischen Grünau begann. Sie nahm sich zwar immer vor, Tante Ingrid häufiger zu besuchen und dann ein irgendwie auf die Gegenwart bezogenes Gespräch mit ihr zu führen. Doch deren maskenhaftes Gesicht, ihr fast völliges Verstummen und ihr erloschener Blick machten Ariane so hilflos, dass sie jedes Mal froh war, wieder nach Grünau zu ihren munteren Raben zurückkehren zu können. Als Ingrid vor wenigen Wochen starb, war Ariane nicht nur traurig, sondern auch erleichtert.

– Das war doch kein Leben mehr! –

Das sagte sie auch zu Lena, die bei ihrem obligatorischen Neujahrstelefonat über den Tod ihrer besten Freundin jammerte und von der Frage nicht loskam, ob es wirklich eine versehentliche Überdosierung ihrer Antidepressiva und Schlaftabletten gewesen sei.

– Natürlich nicht! –

Das sagte Ariane nicht zu ihrer Mutter, weil sie gewohnheitsmäßig ihre Gedanken in Gesprächen mit ihr zensierte. Sie gab pflichtgemäße Äußerungen des Bedauerns von sich, als Lena ihr schilderte, wie furchtbar es für sie gewesen sei, Ingrid fünf Tage nach ihrem Tod in ihrem *Helmut-Mausoleum* aufzufinden. *Dieser Gestank! Das kannst du dir gar nicht vorstellen!* Nein, das konnte und wollte Ariane sich nicht vorstellen. Sie wollte auch die quälenden Besuche der letzten Jahre vergessen und Tante Ingrid so erinnern, wie sie in ihrer Kindheit gewesen war.

– Ist mir auch weitgehend gelungen. –

Ein schönes Beispiel für das autobiografische Gedächtnis und seine ständige Arbeit daran, das eigene Leben zu einer erträglichen Geschichte zu formen, befindet die Kognitionsbiologin Dr. Ariane Löpersen. Obwohl sie seit Jahren im relativ neuen Gebiet der *kognitiven Ethologie* vor allem die geistigen Leistungen von Tieren erforscht, kennt sie sich auch auf dem Gebiet der Hirnforschung bei Menschen gut aus. Schließlich ist der Mensch das Modell, auf das sich die Forschung an Tieren bezieht. Was kann er, was Tiere nicht können? Und: Kann ein Tier, was es kann, aus denselben Ursachen wie ein Mensch? Wenn ein Schimpanse in Windeseile drei im Käfig herumliegende Stäbe zusammensteckt, um damit an eine Banane an der Decke zu gelangen, denkt er dann? Ist Denken ohne Sprache überhaupt möglich? Viele Philosophen bestreiten es. Aber was ist Sprache? Nur die allein dem Menschen mögliche Verbindung beliebiger Laute mit beliebigen Inhalten? Oder auch das komplexe, aber festgelegte Verständigungssystem der Tiere mit seinen Warn-, Lock-, Balzlauten und vielen mehr? Und was ist mit den Schimpansen, denen Forscher beigebracht haben, mithilfe einer Gebärdensprache Wünsche zu äußern, etwas abzulehnen, über Erlebtes zu berichten. Die Schimpansin Washoe beherrschte mehr als 250 Symbole und konnte ganze Sätze bilden. Washoe will Erdnuss. Washoe traurig keine Erdnuss. Washoe nicht will Taste drücken. *Es sei denn, ich krieg jetzt, verdammt noch mal, endlich meine Belohnungserdnuss!* Denkt Washoe das? Kann man das auch ohne Sprache denken? Oder ist das nur ein Gefühl? Und was ist ein Gefühl?

– Genug zu erforschen! –

Doch Ariane forscht nicht mit Schimpansen, sondern mit Raben. Natürlich hat Lena aus ihrer Romantochter Diana eine Schimpansenforscherin werden lassen:

„Da denken meine LeserInnen an die berühmte Jane Goodall und überhaupt sind Schimpansen uns so herrlich ähnlich, richtige Persönlichkeiten, und man kann ihnen ganze Soaps andichten mit Eifersucht, Intrigen, Rivalitäten, sie sind einfach viel interessanter als diese blöden schwarzen Vögel, die für die meisten doch nur Nesträuber, Aasfresser oder Unglücksboten sind."

– Von wegen blöde Vögel! –

Ariane schaut auf den Fotokalender für das Jahr 2010 an der Wand vor ihrem Monitor, ein Geschenk ihres Assistenten Max. Er hat sie bei Versuchen mit den handaufgezogenen Raben in den Volieren fotografiert, aber auch Bilder von den frei fliegenden Rabenschwärmen im naheliegenden Cumberland Wildpark aufgeklebt. Ein wunderbarer Schnappschuss von einem Raben, der auf dem Rücken eines Wildschweins reitet, ist ihm gelungen; auch das von den Raben, die sich gemeinsam mit Wölfen über ein verendetes Reh hermachen, gefällt ihr sehr. Für den Monat Januar hat Max jedoch ein Foto von dem aufgeklebt, worum sich ihre ganze Arbeit dreht: Auf einem Podest vor einem blau ausgeleuchteten Hintergrund liegt das Gehirn eines Raben.

– Das große Geheimnis –

Dieses Gehirn ist ganz anders aufgebaut als das eines Säugetiers. Es existiert keine Großhirnrinde, die man lange als Voraussetzung für höhere geistige Leistungen angesehen hat. Dennoch mehren sich die Belege dafür, dass Raben ihrem jahrhundertealten Ruf als *schlaue Vögel* unter den Augen der Wissenschaft voll gerecht werden. Der Leiter ihrer Forschungsstation, Prof. Kortschal, hat sie sogar als *fliegende Schimpansen* bezeichnet. Also ist Ariane gewissermaßen doch eine Schimpansenforscherin, so wie Lena es ihrer Romantochter Diana angedichtet hat, sie ist sogar eine Forscherin an fliegenden Schimpansen!

– Die Realität toppt Lenas Fiktion! –

Ariane lacht auf, verzieht aber gleich darauf das Gesicht. Wieso denkt sie schon wieder an ihre Mutter?

– Verdammt noch mal! –

Sie betrachtet wieder das Kalenderfoto: das zarte, glatte Vogelgehirn ohne die Falten und Furchen eines Säugetiergehirns. Die Evolution hat offenbar zweimal auf völlig verschiedenen Wegen kluge Wesen hervorgebracht.

Arianes Blick bleibt lange an dem Foto hängen, doch als er nach unten auf die Kalenderleiste gleitet, die ihr in Erinnerung ruft, dass heute Dienstag, der 12. Januar 2010 ist, zuckt ein Gedanke auf, der sie wegführt von den großartigen Leistungen des evolutionären Geschehens, hin zu dem revolutionären Geschehen in ihrem Bauch.

– Fünf Tage überfällig! –

Am 7. Januar hätte ihre Regel einsetzen müssen. Bis heute gibt es nicht das geringste Anzeichen, dass sie es in den nächsten Tagen tun wird. Kein Ziehen in den Leisten, keine miese Stimmung, kein Tröpfchen Blut.

– Nicht zu früh freuen! –

Sie hat Nommen, dem Mann, den es angeht, bei ihren täglichen Telefonaten noch nichts von ihrer Hoffnung erzählt. Wenn sie am Freitag für eine Woche zu ihm nach Hamburg fahren wird, kann sie es ihm sagen. Nein, am besten spart sie es sich bis zum Sonntag auf, ihrem 34. Geburtstag. Bei einem Candlelight-Dinner?

– Oberromantischer Quatsch! –
Jedenfalls ist es nichts für ein Telefongespräch. Sie will Nommen dabei in die Augen schauen, in seine schönen blauen Augen.
– So strahlend wie Onkel Helmuts. –
Obwohl der Ausdruck *strahlend* nicht ganz das trifft, was sie meint, überlegt Ariane, weder für Nommens Friesenblau noch für Onkel Helmuts *Woher-auch-immer*-Blau. Leuchtend? Auch nicht. Beseelt? Was für ein altertümliches Wort! Das hätte Lena in ihren Creative-Writing-Kursen erbarmungslos niedergemacht.
„So kann man heute nicht mehr schreiben! Such ein treffenderes Adjektiv. Oder streich es gleich ganz! Die meisten Adjektive sind überflüssig. Und wozu sich überhaupt mit Augen und wie sie blicken aufhalten. Treib lieber die Handlung voran!"
– Beseelt. Doch, das trifft's! –
Zum Glück muss sie die Schreibregeln ihrer Mutter nicht als Regeln für ihre Gedanken übernehmen.
– Kein Mensch kann sie wissen, kein Jäger erschießen ... –
Nommens Augen sind Spiegel seiner Seele, ganz so, wie es in alten Texten beschrieben wird. In seinen Augen scheint der ganze Nommen auf, den sie lesen zu können glaubt wie ein offenes Buch. Er könnte nie ein Geheimnis vor ihr haben. Seine Augen würden ihn sofort verraten.
– Und ich? –
Ariane hat ein Geheimnis vor Nommen, ein ganz und gar unsinniges Geheimnis. Als vor drei Jahren aus dem Sachbuchautor Nommen Nommensen, der sie für sein Buch über Intelligenzforschung interviewte, ein Mann für mehrere Nächte wurde, fragten sie sich wie alle Liebespaare nach ihrer Vergangenheit aus. Sie erfuhr von ihm, dass er aus einer Krabben-

fischerfamilie von der Nordseeinsel Pellworm stammt, drei Geschwister hat plus unzählige Onkel, Tanten, Cousins und Cousinen, Neffen und Nichten, so dass sie heute noch Mühe hat, deren Namen nicht zu verwechseln. Er erzählte mit viel Wärme und Humor von seinen Eltern: seinem Vater, der den Kutter an seinen ältesten Sohn abgegeben hat, aber noch bei fast jeder Fahrt mit an Bord geht, und seiner Mutter, die *Güte in Person*, die nur fuchsteufelswild werden kann, wenn jemand es wagt, Krabben mit ins Haus zu bringen. Dann schreit sie entnervt: „Der Gestank bringt mich noch mal um!" So hat er als Junge die Krabben, die er mit den Netzen an seinem Ruderboot in den Prielen fing, immer bei der Mutter eines Freundes abgeliefert, die sie ihm in einem großen Topf kochte und als Gegenleistung die Hälfte des Fangs behalten durfte.

„Und deine Eltern, Ariane?"

Die Frage war natürlich unvermeidlich. Vater unbekannt, Mutter alleinerziehend, das kam ihr schnell über die Lippen und war ja auch nichts Ungewöhnliches. Aber mehr mochte sie nicht über Lena erzählen. Nommen kannte den Namen Lena Löpersen nicht, bezeichnete sich selbst gern als *Sachbuchfreak*, der mit der *schönen Literatur* nichts am Hut habe.

– Mit der unschönen Frauenliteratur erst recht nicht. –

Ariane verspürte einen tiefen Unwillen, den *ganzen Kladderadatsch* mit ihrer Mutter in diese neue unbelastete Beziehung einzubringen. Sie wollte nur sie selbst sein. Ariane von eigenen Gnaden. Sie schickte Lena mit einem Satz in ein unaufschließbares Verlies:

„Leider ist meine Mutter gestorben, als ich gerade zur Schule kam."

Nommens Blick verwandelte sich von neugierig zu mitleidig. Seine Anteilnahme tat ihr richtig wohl. Ihr kamen sogar ein paar Tränen. *Sometimes I feel like a motherless child.* Wie oft hatte sie sich als Jugendliche in den traurigen Akkorden dieses Lieds gesuhlt! Und als mutterloses Kind fühlte sich auch die dreißigjährige Ariane, als sie Nommen von den wenigen Erinnerungen erzählte, die sie an ihre Mutter haben wollte, Erinnerungen an endlose Gute-Nacht-Geschichten, zärtliche Umarmungen, einverständiges Kichern. Sie schrieb ihre Liebe zur Natur den langen Spaziergängen mit ihrer Mutter durch den Sachsenwald zu, ihren naturkundlichen Erläuterungen zu Fauna und Flora, Biologielehrerin sei ihre Mutter gewesen am Gymnasium in Aumühle, und dann, an einem Februarmorgen auf dem Weg zur Schule mit ihrem alten VW-Käfer bei Glatteis gegen den Stamm einer Fichte ... Ariane versagte die Stimme. Als Nommen sie in den Arm nahm und kräftig drückte, konnte sie nur noch mit tränenerstickter Stimme flüstern:

„Damals gab's ja noch keine Sicherheitsgurte."

– Stimmt das überhaupt? –

Ariane steht auf und wandert in ihrem Büro auf und ab. Die Erinnerung an diese Szene erträgt sie nur in Bewegung. Doch ihre Scham lässt sich nicht so einfach weglaufen. Ihr unbarmherziges Gedächtnis füttert sie auch noch mit Ausschmückungen, die sie Nommen später aufgetischt hat, als er längst der Mann geworden war, mit dem sie ihr Leben verbringen wollte. Sie behauptete, Ingrid Schaulandt, die beste Freundin ihrer Mutter, und deren Mann Helmut hätten sie nach dem Unfall zu sich genommen und wie eine leibliche Tochter aufgezogen. Über das Leben bei den Schaulandts konnte sie dann viele Anekdoten zum Besten geben, ohne lügen zu müssen. Sie hatte ja tatsächlich einen erheblichen Teil ihrer Kindheit bei ihnen verbracht.

„Aber ... leibliche Verwandte hast du gar keine mehr?"

Diese Frage konnte sie ehrlichen Herzens verneinen. Von der Vaterseite her, nun ja, wer weiß, vielleicht wimmelte es da ja von näheren und ferneren Verwandten wie bei Nommen, vielleicht hatte sie sogar Halbgeschwister, aber, wie gesagt, ihr leider unbekannt. Und die Eltern ihrer Mutter seien schon lange tot und sie habe sie nie kennengelernt. Einen Bruder ihrer Mutter habe es wohl gegeben, wenn sie sich recht erinnere, aber auch der sei schon vor ihrer Geburt gestorben.

„Eine Familie wird nicht mitgeliefert. Du musst ganz allein mit mir vorlieb nehmen."

„Du bist mir mehr als genug."

– Vielleicht bin ich jetzt sogar mehr als nur ich! –

Ariane streicht über ihren Bauch, in dem sich möglicherweise eine vehemente Zellteilung vollzieht und bald ein Herz anfangen wird zu schlagen. Ihr Bauch, die Quelle einer neuen Familie, ihrer Familie?

– Abwarten! Und nicht zu viel Kaffee trinken! –

Ariane setzt sich wieder an ihren Schreibtisch. Sie wird jetzt endlich Ordnung in die letzten Versuchsprotokolle bringen!

Stattdessen öffnet sie den Papierkorb ihres PCs. Da ist sie, die Datei mit dem automatisch vergebenen Namen *Dok1.doc,* in der sich der seltsame Text befindet, den sie heute Morgen geschrieben hat.

– Gelöscht ist nicht weg. –

Sie ruft den Befehl *Papierkorb leeren* auf, ihr Zeigefinger bewegt sich über der Maus auf und ab.

– Weg ist nicht ungeschrieben. –

Sie bewegt die Maus zum kleinen Kreuz für *Abbrechen* und lässt den Zeigefinger sinken, klickt gleich darauf *Wieder-*

herstellen an. Der fett geschriebene Titel springt ihr ins Auge: Sie kennen mich nicht.

– Kenne ich mich selbst? –

Irgendwann mal wird sie sich mit ihrem Worterguss beschäftigen, beschließt sie, aber bestimmt nicht jetzt. Sie hat ihre Mutter aufs Totenbett geschickt. Das lässt tief blicken, na klar. Aber Lenas Lieblingsspruch lautet schließlich: Literatur darf alles. Also deklariert sie einfach ihr Geschreibsel zur Literatur.

– Schon bin ich fein raus! –

Sie kichert und speichert die Datei in ihrem Ordner *Privates* unter dem Dateinamen *Du darfst* ab.

Ihr Handy klingelt.

III

Ariane: Hallo?
Lena: Hallo, hier ist Lena.
Ariane: Ist was passiert?
Lena: Wieso? Warum soll was passiert sein?
Ariane: Weil du anrufst.
Lena: Darf ich meine Tochter nur anrufen, wenn was passiert ist?
Ariane: Natürlich nicht. Ich wundere mich nur, weil sonst immer ich es bin, die dich anruft.
Lena: Wann hast du mich denn zuletzt angerufen? Das ist doch schon gar nicht mehr wahr.
Ariane: Wahr ist, dass in der Regel ich dich anrufe und nicht du ...
Lena: Lassen wir doch das alberne Spielchen! Jetzt rufe ich dich jedenfalls an und ich möchte dich fragen, ob du nicht irgendwann demnächst mal Zeit hast, nach Hause ... also, ich meine, mich besuchen zu kommen?
Ariane: Nee, wirklich nicht. Du weißt doch ... Meine Arbeit ... Ich steck grad mitten in einer neuen Versuchsreihe ...
Lena: Das tust du doch immer.
Ariane: Na ja ...
Lena: Dann nicht. Ist auch egal. Und sonst? Geht's gut?
Ariane: Ja. Und dir?
Lena: Auch.
Ariane: Liegt bei euch auch so viel Schnee?

Lena:	Ziemlich. Die Zeitungen schreien gleich Katastrophe. Dabei ist bloß Winter.
Ariane:	Typisch. Muss toll aussehen jetzt, der Sachsenwald.
Lena:	Wär was für dich.
Ariane:	Ja, bestimmt. Aber ...
Lena:	... deine Arbeit.
Ariane:	Ich bin nun mal kein Freelancer wie du.
Lena:	Kein was?
Ariane:	Kein Freiberufler.
Lena:	Siehst du, es gibt doch ein deutsches Wort dafür.
Ariane:	Good grief! Ich bin Wissenschaftlerin. Ich arbeite in internationalen Kontexten. Ich spreche und schreibe mehr Englisch als Deutsch.
Lena:	Auch mit deinen Raben?
Ariane:	Sehr witzig!
Lena:	Es hat ja niemand was dagegen, dass du Englisch sprichst in deinen tollen *internationalen Kontexten*. Aber im Kontext mit mir sprichst du bitte Deutsch und kein Denglish! Auch eine Wissenschaftlerin sollte ihrer Muttersprache die Wertschätzung zukommen lassen, die sie verdient.
Ariane:	Hast du noch mehr Muttersprech auf Lager?
Lena:	Ja. Ich bin weder ein Freelancer noch ein Freiberufler.
Ariane:	Ach nee, tatsächlich? Was bist du denn?
Lena:	Eine Freiberuflerin. Ich bin nämlich kein Mann.
Ariane:	So sorry! War es das, was du mir mitteilen wolltest?
Lena:	Ich wollte dir eigentlich tatsächlich was Wichtiges mitteilen. Etwas, das ... über das ich mit dir persönlich sprechen möchte. Nicht am Telefon. Aber du hast ja nie Zeit.

Ariane: Jetzt hast du mich aber doch neugierig gemacht. Kannst du nicht wenigstens eine Andeutung machen, worum's geht?
Lena: Den Teufel werd ich tun.
Ariane: Na, dann nicht. Tschüs. Mach's gut.
Lena: Du auch. Tschüs.

IV

Am nächsten Tag trifft sich Ariane morgens um acht Uhr mit ihrem Assistenten Max an der großen Kolkrabenvoliere. Er hat Hugin schon von seinem Freund Munin getrennt und ihn zusammen mit einem seiner Rivalen, dem ranghöheren Dark Rider, in die Versuchsvoliere gesetzt. Er stapft mit den Füßen: „Verdammt kalt heut Morgen."

Ariane schaut auf seine knallbunten Moonboots, die er offensichtlich neu erworben hat, denn bisher kennt sie ihn nur in Turnschuhen.

„Mit unseren Moonboots können Sie bis zum Nordpol marschieren. Sind das die?"

„Ertappt! Mal wieder auf die Werbung reingefallen. Die Dinger bringen's überhaupt nicht."

„Kein Wunder. Synthetisches Zeug."

Ariane weist auf ihre Stiefel:

„Leder, mit Bienenwachs eingerieben, mit Lammfell gefüttert. Altbewährt. Was Schuhwerk angeht, bin ich extrem konservativ."

– Schuhwerk. Ich rede wie Lena! –

Max nickt, zuckt gleich darauf betont hilflos mit den Achseln und klagt sich selbst an:

„Wie blöd kann man sein! Auf Werbung reinzufallen! Nichts als Lug und Betrug!"

„Das passt hervorragend zu unseren geplanten Experimenten."

Arianes Stimme ist nicht frei von Ironie, als sie Max an die Versuchsreihe erinnert, die sie gemeinsam konzipiert haben: Experimente über das Lügen und Betrügen, Tricksen und Fälschen. Einen anderen auszutricksen, erfordert die Fähigkeit, sich in ihn hineinzuversetzen, seine Gedanken vorwegzunehmen, um ihm dann etwas vorzuspielen, das ihn falsche Schlüsse ziehen lässt. In der Verhaltensforschung gilt diese Fähigkeit als ein wesentliches Kennzeichen von Intelligenz.

Max lächelt säuerlich:

„Okay, Beweis erbracht: Werbefreaks sind intelligente Wesen. Sie können unbedarften Mitmenschen weismachen, Plastik würde wärmen. Aber, ... wir wollten doch die Intelligenz von Raben untersuchen, wenn ich mich recht erinnere?"

„Lenk nur ab von deinem Totalversagen!"

„Lass uns endlich anfangen! Umso eher kommen wir wieder ins Warme."

Max holt aus einer Futterbox ein daumengroßes Stück schon faulig riechenden Schweinefleischs und hält es Ariane unter die Nase:

„Hmmh! Ein wahrer Leckerbissen!"

Ariane verzieht nicht mal das Gesicht. Drei Jahre Arbeit mit aasfressenden Vögeln haben ihr Geruchssystem abgehärtet.

„Endlich zeigst auch du Anzeichen von Intelligenz, Max!"

„Ach! Ehrlich?"

„Unglaublich, aber wahr. Jedenfalls kannst du dich weit genug in die Raben hineinversetzen, um dieses eklige, halb verdorbene Fleisch als Leckerbissen zu bezeichnen."

Ariane boxt ihren Assistenten freundschaftlich gegen die gut gepolsterte Schulter, zieht den Reißverschluss ihrer Daunenjacke höher, holt die Videokamera aus ihrer Tasche und macht eine Kopfbewegung in Richtung Versuchsvoliere:

„Here we go!"

Ariane und Max betreten die riesige Voliere, in der Hugin und Dark Rider in kleinen Holzkästen sitzen, aus denen sie nur einen Ausblick durch ein Fenster im Vorderteil haben. Ariane postiert sich mit einer Videokamera am Eingang der Voliere und richtet sie auf Max.

„Und ab!"

Max hält das Stück Schweinefleisch hoch, so dass beide Vögel es sehen können, dreht danach aber Dark Riders Kasten in Richtung Gitter. Dark Rider kann nur noch die lieblichen Hügel Grünaus betrachten, aber nicht mehr verfolgen, was in der Voliere vor sich geht. Ariane zoomt Hugin heran.

– Der sieht genau, dass Dark Rider nichts sieht! –

Max entfernt sich von den Kästen und versteckt den Leckerbissen in der linken Ecke der Voliere im Schnee hinter einem kleinen Hügel, immer in Blickkontakt zu Hugin, der ihn genau beobachtet. Als Max danach Dark Riders Kasten zurückdreht und das Vorderteil öffnet, fliegt der sofort in die Voliere, betrachtet Max' leere Hände und beginnt, an wahllosen Stellen nach dem Futter zu suchen.

– Jetzt wird's spannend! –

Max öffnet auch Hugins Käfigtür. Hugin fliegt zielstrebig in die rechte Käfigecke, stochert mit dem Schnabel im Schnee und verdreht wild den Kopf. Sofort fliegt Dark Rider zu ihm hin und macht sich auch auf die Suche. Als Hugin sich versichert hat, dass sein Konkurrent ausreichend abgelenkt ist, hüpft er schnell in die linke Käfigecke, entdeckt nach kurzem Stochern das Stück Schweinefleisch und schlingt es sofort hinunter.

– My brainy birds! –

Ariane schaltet die Videokamera aus. Max' erhobene Hand mit den zum Victory-Zeichen gespreizten Fingern gehört nicht mehr in eine wissenschaftliche Dokumentation.

Bis zum Mittag wiederholen sie den Versuch noch viermal mit anderen Kolkrabenpaaren. Dreimal verläuft der Versuch genau wie der erste, nur einmal lässt sich der Rabe, der das Futterversteck nicht kennt, nicht austricksen. Er hüpft einfach in der Mitte der Voliere herum, stochert mal hier, mal da, putzt sich das Gefieder und tut uninteressiert. Doch als der andere seine Täuschungsversuche am vermeintlichen Futterversteck aufgibt und zum richtigen fliegt und das Fleischstück schon im Schnabel hat, sieht er sich plötzlich von seinem Rivalen verfolgt, der ihn mit heftigen Schnabelhieben zum Fallenlassen der Beute zwingt.

– Wow! Da wurde der Trickser ausgetrickst! –

Ariane ist so begeistert, dass sie Max noch zu einen letzten Versuch überreden kann, obwohl er behauptet, das müsse er dann garantiert mit der Amputation mindestens einer seiner jetzt schon halberfrorenen Zehen bezahlen.

„Ich besuch dich im Krankenhaus. Aber ich muss unbedingt noch Hugin und Munin zusammen testen."

„Hugin hatten wir schon zusammen mit Dark Rider. Der kennt das Setting. Das wäre wissenschaftlich nicht korrekt."

Max schaut sie mit einem ernsthaften Gesichtsausdruck an. In seinen Augen kann Ariane keine Spur von Schalk mehr entdecken.

„Die heilige Wissenschaft!"

Doch ihr Spott verfliegt gleich wieder. Eigentlich freut sie sich darüber, dass er seine Aufgabe gewissenhaft erfüllen will. Alles andere würde sie ihm auch nicht durchgehen lassen. Aber außer Gewissenhaftigkeit braucht ein Wissenschaftler auch und vor allem Neugier, findet sie, und die hat sie jetzt unwiderstehlich gepackt.

„Weißt du was, wir nehmen den Versuch gar nicht in unsere Reihe auf, sondern machen einen eigenständigen unter der erweiterten Fragestellung: Betrügt ein Rabe auch seinen besten Freund und Kraulpartner?"

„You've got me!"

„Also los! Dann hol Hugin und Munin!"

Eine halbe Stunde später liegen sowohl Max' Moonboots als auch Arianes Lederstiefel einträchtig nebeneinander auf der Heizung in Arianes Büro und die Füße ihrer Besitzer stecken in dicken Socken und wolligen Hüttenschuhen. Ariane bläst in den Becher mit heißem Instant-Kaffee und trinkt schon mal einen kleinen Schluck, während Max noch die Hände an seinem Becher wärmt.

„Meine Zehen kribbeln wie tausend Ameisen!"

„Dann leben sie noch."

„Zugegeben: Es hat sich gelohnt."

„Hat es. Immerhin wissen wir jetzt, dass es wahre Freundschaft gibt."

„Jedenfalls unter Raben!"

V

Lena Löpersen sitzt an ihrem Kirschholzschreibtisch im ersten Stock ihrer Villa und starrt auf das Telefon in ihrer Hand. Ihre Tochter steckt also mitten in einer neuen Versuchsreihe. Die ist natürlich wichtiger als ein Besuch bei ihrer Mutter.
– Dann eben nicht! –
Hätte sie ihr sagen sollen, was sie ihr mitzuteilen hat? Ihr jetzt endlich mitteilen darf? Dann wäre Ariane bestimmt gekommen. Aber sonst zieht sie offenbar nichts zu ihrer Mutter. Rein gar nichts.
– Undank lässt grüßen! –
Energisch ruft Lena ihre Gedanken zur Ordnung. Nur nicht wieder auf diese Abwege geraten! Wenn sie anfängt, über die Kälte und Gleichgültigkeit ihrer Tochter nachzudenken, wird sie sich, wie so oft, in einem Gestrüpp aus Selbstvorwürfen und Anklagen gegen Ariane verheddern, aus dem sie sich nur mit allergrößter Mühe wieder befreien kann. Ariane hat keine Zeit? Dann erfährt sie eben nicht, wer ihr Vater ist.
– Selbst schuld! –
Lena schaut aus dem Fenster. Seit einer halben Stunde schaufelt Ahmed unermüdlich Schnee von der langen Auffahrt zu ihrer Villa.
– Wenn ich ihn nicht hätte! –
Offiziell ist der junge Afghane für fünf Stunden in der Woche als Gärtner bei ihr beschäftigt, aber er kommt viel öfter, erledigt einfache Reparaturen im Haus, wäscht ihr Auto,

streicht den Zaun, fegt Laub und seit Tagen schippt er Schnee. Lenas Blick folgt noch eine Weile seinen regelmäßigen, kraftvollen Bewegungen, wird dann aber von schwarzem Geflatter an ihrem Vogelhäuschen abgelenkt.
– Ein Rabe? Eine Krähe? –
Den Unterschied hat sie nie kapiert, auch, oder vielleicht gerade, weil ihr Ariane einmal einen langen Vortrag zu dem Thema gehalten hat, in dem von Rabenvögeln die Rede war, die man auch Krähenvögel nennt, dann wieder von Rabenkrähen und dem Kolkraben, den manche als eigentlichen Raben bezeichnen, andere als den größten Krähenvogel ... ein heilloses Durcheinander, sie wird es sich nie merken können, und es hilft ihr jetzt auch nicht, den großen schwarzen Vogel zu identifizieren. Sie beschließt, dass es ein Rabe ist, vor dem die Blaumeisen Reißaus genommen haben.
– Elender Galgenvogel! –
Erbost klopft sie ans Fenster, doch nur Ahmed dreht den Kopf zu ihr. Sie weist zum Vogelhäuschen, er geht mit erhobener Schaufel ein paar Schritte darauf zu. Der schwarze Störenfried entfernt sich mit so lautem Krächzen, dass sie es noch durch ihre Doppelglasscheiben hören kann.
– Grauenhafte Laute! –
Ariane hat einmal behauptet, der Rabe sei der größte Singvogel. Singvogel, hat Lena empört nachgefragt, sie wolle doch nicht im Ernst dieses Gekrächze als Gesang bezeichnen? Dagegen sei ja noch das Kreidequietschen auf einer Schiefertafel der reinste Wohlklang! Doch ihre Tochter blieb dabei und fügte noch hinzu, sie könne mindestens siebzehn Vokalisationen des *Corvus corax* unterscheiden.
„Bitte wer, bitte was?"
„Lautäußerungen des Raben. Die sind sehr vielfältig."

„Das macht sie nicht wohlklingender!"

Lena blickt weiter auf das Vogelhäuschen, das Ahmed ihr im vorigen Winter aufgestellt hat und in das er regelmäßig Futter einstreut. Sie wundert sich, wie schnell es von den Vögeln angenommen worden ist und wie viele verschiedene Vogelarten sich hier durch den Winter futtern. Vor zwei Wochen hat sie sich ein Vogelbestimmungsbuch gekauft und jetzt kennt sie schon Rotkehlchen und Grünfink, Kleiber und Kernbeißer, Erlenzeisig und Grasmücke, sie, die bisher gerade mal Meisen von Spatzen unterscheiden konnte.

– Ich werde alt. –

Sie schließt die Augen, fühlt sich plötzlich müde und ausgelaugt. Hat sie nicht selbst in ihrem letzten veröffentlichten Roman geschrieben, wenn frau anfange, die Vögel im Garten zu beobachten oder sich am Anblick eines Eichhörnchens zu erfreuen, sei sie endgültig alt?

– Klar hab ich das geschrieben. –

Sie erinnert sich, obwohl ihr letztes Buch vor sechzehn Jahren erschienen ist, genau an ihrem fünfzigsten Geburtstag. Die Marketingabteilung des Verlages hatte das natürlich generalstabsmäßig vorbereitet, aber der Erfolg übertraf sogar ihre Kalkulationen. *Noch einmal neu anfangen*, der Titel war nicht besonders originell, aber traf passgenau die Sehnsüchte der Leserinnen, die zusammen mit Lenas Romanfigur Lara älter geworden waren und von einem erfüllten Leben jenseits der Wechseljahre träumten.

– *Jedem Anfang wohnt ein Zauber inne*. Ach ja ... –

Hermann Hesses wunderbare Worte hat sie als Motto ihrem siebten Roman vorangestellt. Und sie war tatsächlich beschwingt von diesem Zauber des Anfangs, voller Lebenslust und Liebeslust, alles schien wieder möglich, seit Lothar in ihr

Leben getreten war. Sie hatte schon so viele Beziehungen zu Männern und auch einige zu Frauen hinter sich und war mit den Jahren immer mehr zu der Überzeugung gelangt, der ganze emotionale Aufwand lohne sich letztlich nicht, als plötzlich ein Lothar daherkam und ihre vermeintlichen Erkenntnisse über den Haufen warf.

– *Doch jetzt knallst du in mein Leben ...* –
Lena lächelt, als ihr diese Liedzeile in den Kopf kommt. Wie ging es noch weiter?
– *... und ich kann mich nur ergeben.* –
Genau so war's. Lothar war ein Wirbelwind, zerlegte ihr sorgsam gezimmertes Lebensgerüst und brachte Seiten an ihr zum Vorschein, von deren Vorhandensein sie trotz aller Selbsterfahrungsgruppen, Therapien und jahrelanger Meditation keine Ahnung hatte.
– Er hat mich glücklich gemacht. –
„Glücklich ..."
Lena spricht das Wort aus, lauscht seinem Nachhall. Ja, so banal war es. Er machte sie glücklich. Und es waren nicht die zwölf Jahre, die er jünger war, was die Klatschpresse nicht genug hervorheben konnte. Natürlich tat es ihrem Selbstbewusstsein gut, von einem Achtunddreißigjährigen geliebt zu werden, aber sie hatte sogar noch jüngere Männer gehabt und war ihrer schnell überdrüssig geworden. Selten war deren ungestümes Begehren mit einer hinreichenden Kenntnis des weiblichen Körpers gepaart, noch seltener einfühlsame Zärtlichkeit mit erotischer Phantasie. Lothar besaß alle diese Eigenschaften. Doch auch das war es nicht. Nicht nur.
– Was war es? –
Lena seufzt.
– *Erklär mir, Liebe!* –

Nein, die Liebe erklärt nichts und nichts erklärt die Liebe. Er war einfach so. Punkt. Aus.

– Oder vielleicht war es ...? –

Wie immer, wenn sie glaubt, mit ihren Gedanken an einem abschließenden Punkt angekommen zu sein, an einem befriedigenden Punkt, einem Punkt zum Aufatmen, meldet sich ein Zweifel und stößt das Gedankenkarussell von Neuem an. War es wirklich Liebe? Oder war Lothar nur ein Spiegel, in dem sie sich gern betrachtete? Der ihr das Bild einer sowohl klugen als auch warmherzigen Frau zeigte? Einer selbstbewussten und zugleich mitfühlenden Lena? Einer Feministin, die trotzdem Männer schätzte? Und vor allem: das Bild einer berühmten Schriftstellerin und engagierten Mutter?

– Hab ich nur sein Bild von mir geliebt? –

Lena hat sich diese Frage schon oft gestellt, hat mit dem scharfen Messer unerbittlicher Selbstkritik ihre Liebe zu Lothar seziert. Sie ist auf eine Menge eigennütziger Motive gestoßen. Natürlich genoss sie Lothars Bild einer liebenswerten Frau, gerade in einer Zeit, als Ariane ihr ein Lena-Zerrbild an den Kopf warf, das sie schmerzte wie bisher nichts in ihrem Leben.

– Die Rabenmutter! –

Eine Woche nach Arianes Abitur stand ein Möbelwagen vor der Tür, als Lena gerade von einer erfolgreichen Lesereise durch Frankreich zurückkam. Die Übersetzung ihres Buches *Noch einmal neu anfangen* ins Französische war ein voller Erfolg. Auch die Französinnen lasen gern etwas über das Glück einer Liebe jenseits der magischen Grenze der Wechseljahre. Im Gepäck hatte sie ein unverschämt teures, aber traumhaftes Modellkleid aus Paris, das sie ihrer Tochter für den Abiball schenken wollte. Zusammen mit ihrer Freundin

Ingrid machte sie sich im Geheimen lustig über den Aufstand, den die jungen Leute mit der Abiturfeier veranstalteten: ein Ballsaal mit Kristalllüstern war angemietet worden, das Schulorchester probte, Sketche wurden geschrieben, Standardtänze eingeübt und natürlich war am Abend des großen Ereignisses festliche Abendgarderobe angesagt. Lena erinnerte sich daran, dass sie ihr Zeugnis damals einfach im Schulbüro abgeholt hatte, *vielen Dank und auf Nimmerwiedersehen*. Dabei war es ein wahrlich hart erkämpftes Abitur gewesen, nach drei Jahren Abendgymnasium zusätzlich zu ihrer Arbeit als Buchhändlerin. Doch im Juli 1967 herrschte schon der Geist von Achtundsechzig und eine pompöse Feier mit Walzer und gestelzten Reden ihrer alten Pauker war überhaupt nicht angesagt. Sie feierten in einem Partykeller mit Lampions und Kartoffelsalat, mit den Stones und ohne Lehrer.

– Und es war toll! –

Warum die neue Generation nun wieder die alten Konventionen aus dem Verlies der Geschichte hervorholte, war Lena ein Rätsel. Würde der Direktor die jungen Damen vielleicht auch noch mit einem Handkuss verabschieden? Aber bitte, da Ariane es unbedingt wollte, sollte sie ihr Abendkleid haben und Lena würde sich ihr zu Ehren auch in Schale werfen, damit es hinterher nicht wieder hieß, sie blamiere sie. Eigentlich konnte ihre Tochter doch wirklich stolz sein, eine so berühmte Mutter zu haben, aber nein, stattdessen musste Lena sich anhören, ihre Bücher seien indiskret, ordinär und peinlich und machten Ariane zum Gespött ihrer Klassenkameraden! Wie war bloß bei der allgegenwärtigen Sexualisierung in den Medien diese Fünfziger-Jahre-Verklemmtheit wieder über die neue Generation gekommen?

– Die Scham ist nicht vorbei. –

Aber sie würde nicht wieder eine Diskussion mit Ariane über die Lächerlichkeit dieses ganzen Abiballzirkus anzetteln. Ihr zuliebe würde sie ihn ohne einen einzigen kritischen Kommentar mitmachen.

– Wenn das nicht wahre Mutterliebe ist! –

Im Wohlgefühl ihrer guten Vorsätze betrat Lena ihre Villa. Sie wunderte sich über die weit offen stehende Tür, doch da kam Ariane schon die Treppe vom ersten Stock herunter. In der Hand hielt sie ihre Schreibtischlampe. Lena stellte ihr Gepäck ab und sah ihre Tochter irritiert an, die ebenso irritiert fragte:

„Ah ... hallo, Lena. Wolltest du nicht erst morgen zurückkommen?"

„Nein, wollte ich nicht. Was geht hier vor, wenn ich fragen darf?"

„Ich ziehe aus."

Lena verschlug es die Sprache. Sie hielt sich am Treppenpfosten fest, starrte Ariane an. Die starrte zurück. Lena verlor das Blickduell, schlug als Erste die Augen nieder, bevor sie Ariane erneut fixierte und mit gezügelter Wut hervorstieß:

„Ach so ist das! Meine Tochter zieht aus. Einfach so! Ohne mich zu fragen, ohne mit mir zu sprechen ..."

„Du warst nicht da, falls ich dich daran erinnern darf."

„Von der Erfindung des Telefons hast du noch nichts mitgekriegt?"

„Sei so nett und geh zur Seite! Mein Freund wartet nicht gern."

Ariane drängelte sich an Lena vorbei und brachte die Schreibtischlampe zum Möbelwagen. Lena sah ihr nach, sah eine Hand aus dem Laderaum die Lampe ergreifen, sah ihre Tochter lächeln und etwas sagen, sah, wie sie sich umdrehte und zurückkam. Bevor Ariane das Haus wieder erreichte, ging Lena mit schnellen Schritten in ihr Wohnzimmer, schloss die Tür hinter sich und ließ sich aufs Sofa fallen.

– *Ende einer Dienstfahrt.* –

Lena lächelt bitter und lenkt ihren Blick wieder auf das Vogelhäuschen. Noch hat sich kein Vogel herangetraut, obwohl der Rabe sich nicht mehr blicken lässt und nach Arianes Worten auch keinerlei Gefahr für andere Vögel darstellt.

– Von wegen! Raben sind Nesträuber! –

Aber jetzt ist tiefster Winter und keine Brutzeit, das gibt auch Lena zu. Wie sie damals zugab, dass sie sich während Arianes letztem Schuljahr vielleicht nicht genug Zeit für ihre Tochter genommen hatte. Aber sie war so erfüllt gewesen von ihrer frischen Liebe zu Lothar, so in Anspruch genommen von der Arbeit an ihrem Roman *Noch einmal neu anfangen*, dass ihre fast erwachsene Tochter kaum noch in ihr Blickfeld geriet.

– Sie hat's ja auch regelrecht vermieden! –

Ariane hatte ihr schon vor Jahren den Zutritt zu ihren beiden Zimmern im ersten Stock verboten und schloss immer sorgfältig die Türen ab. Nicht einmal der Putzmann durfte hinein.

– Hätte ich mich nie darauf einlassen dürfen? –

Aber Lena wollte ja eine selbstständige Tochter, hatte von Anfang an größten Wert darauf gelegt. Ariane sollte nicht in einem engen Korsett von vorgeschriebenen Verhaltensweisen aufwachsen wie sie selbst.

– Wie hab ich um meinen Weg kämpfen müssen! –

Sie wollte ein möglichst gleichberechtigtes, ja freundschaftliches Verhältnis zwischen Mutter und Tochter. Keine Hierarchie! Darum ließ sie sich auch nicht *Mutti* oder *Mama* nennen. Lena und Ariane. Eigenständige Persönlichkeiten. Das

waren sie. Und auf der Ebene hatten sie immer miteinander verkehrt. Nur: Ariane verkehrte nicht mehr. Und wenn, dann provozierte sie ihre Mutter. Zum Beispiel, indem sie sie süffisant *Mutti* nannte.
 – Da läuft's mir kalt den Rücken runter! –
Mutti, in dem Wort schwang für Lena all das mit, was sie ablehnte: Kinder, Küche, Kirche. Abhängigkeit, Asexualität, Aufopferung. Geistlosigkeit, Glucke Genügsamkeit.
 – Nicht mit mir! –
Aber Provokationen gehören nun mal zur Pubertät, versuchte Lena sich zu beruhigen. Eigentlich verlief also alles ganz normal und sie machte sich nur mal wieder viel zu viele Gedanken um ihre Tochter.
 – Dein Kind, das rätselhafte Wesen! –
Auch Arianes unangekündigten Auszug versuchte sie nach dem ersten Schock als Loslösungsphänomen der unbeholfenen Art einzuordnen und überreichte ihr doch noch das Pariser Modellkleid, obwohl sie es im ersten Zorn in die Altkleidersammlung geben wollte. Ariane bedankte sich verlegen und murmelte, sie werde es leider gar nicht brauchen, da sie nicht extra wegen der Abifeier wieder aus München zurückkommen wolle.
„Das Zeugnis hol ich mir bei Gelegenheit im Schulbüro ab."
 – Da, der Grünfink traut sich als Erster! –
Lena registriert kurz den Vogel, der ins Vogelhäuschen gehüpft ist, ihre Gedanken kehren aber gleich wieder in die Vergangenheit zurück, bleiben bei den unerfreulichen Telefonaten mit Ariane während ihrer Studienzeit in München hängen, dem ewigen Austausch gegenseitiger Vorwürfe. Schlimmer noch war aber die Zeit danach: Arianes allmähliches Verstummen. Fragte Lena, wie denn das Studium laufe, bekam

sie außer einem *Gut!* nichts zu hören; wollte sie wissen, wer denn der Freund sei, mit dem sie zusammenwohne, war die Antwort nur, er heiße Mike; wollte sie wissen, ob Ariane mit dem Geld auskomme, das sie ihr Monat für Monat überwies, wurde sie darüber in Kenntnis gesetzt, wie hoch der BAföG-Satz sei, dass Ariane dieser Betrag von ihrer gut verdienenden Erziehungsberechtigten gesetzlich zustehe und sie nicht weniger, aber auch nicht mehr haben wolle.

– Als ob Dreck an meinem Geld klebte! –

Und nie fragte Ariane Lena nach ihrem Befinden! Lothars beharrlich aufgetragene Grüße parierte sie mit *Grüß zurück!*, blockte aber sofort ab, wenn Lena ihr von den gemeinsamen Reisen mit Lothar oder ihren Plänen für die Umgestaltung des Hauses erzählen wollte. Geradezu allergisch reagierte sie auf leiseste Andeutungen über das unverhoffte späte Liebesglück ihrer Mutter.

– Hat sie's mir nicht gegönnt? –

Nein, es war ihr nur peinlich, glaubt Lena, so, wie ihr die unverblümten Sexszenen in Lena Löpersens Büchern peinlich waren. Da studierte Ariane nun Biologie, die Wissenschaft vom Leben, aber auf die körperlichen Vorgänge, mit denen sich dieses Leben fortpflanzte, reagierte sie wie eine Nonne im Kloster! Jedenfalls auf Lenas Beschreibungen davon. Dabei hat sie ihr noch vor der Pubertät alle möglichen Aufklärungsbücher ins Zimmer gelegt, später auch den Hite-Report, feministische Broschüren über Penetrationszwang und das Recht auf den klitoralen Orgasmus; sie hat sich wirklich Mühe gegeben, ihre Tochter umfassend über alle Spielarten von Sexualität zu informieren, damit sie nicht völlig unvorbereitet den ersten Geschlechtsakt über sich ergehen lassen musste, wie es ihr selbst geschehen war.

– Ein heilloses Gestümpere! –
Lena steht plötzlich auf. Sie will nicht mehr an Ariane denken. Das deprimiert sie nur. Aber sie will auch nicht an ihre Entjungferung denken. Die hat sie in ihrem ersten Buch schön krass beschrieben, damit konnte frau damals noch die älteren Herren Literaturkritiker schocken. Und sie hat sie so oft auf Lesungen vorgetragen, dass sie heute nicht mehr weiß, was damals wirklich geschehen und was ihrer Phantasie entsprungen ist. Sie war dreizehn und er fünfzehn und sie gingen auf dasselbe Internat auf der Halbinsel Eiderstedt. Da ist sie sich sicher. Und es war Sommer. Aber ob der Junge sie wirklich nach einem Rockkonzert hinter eine Düne gezerrt, sich selbst und ihr die Jeans und die Unterhosen runtergezogen hat und übergangslos versuchte, in sie einzudringen, wobei er immer verzweifelter „Nun hilf mir doch!" flüsterte, das weiß sie nicht mehr. Sie erinnert sich nur an ihre Erstarrung, ihr Unverständnis, was er von ihr wollte, und ihrer Erleichterung, als er endlich von ihr abließ. Blut? Schmerzen? Scham?
– War wohl so. –
Beschrieben hat sie es. In einer *Szene von verstörender Eindringlichkeit*, wie es in einer wohlwollenden Besprechung hieß.
– Ging ja auch ums Eindringen. –
Ein ironisches Lächeln überzieht kurz Lenas Gesicht, während sie zu dem Regal geht, auf dem jeweils ein Belegexemplar ihrer veröffentlichten Romane steht. Neun Papierkinder, die sie aus einer ureigenen Kombination der Buchstaben des lateinischen Alphabets plus der deutschen Umlaute zur Welt gebracht hat. Kinder, in die sie viel Zeit und Lebensenergie investiert hat, die ihr aber auch viel zurückgegeben haben.
– Im Gegensatz zu meinem leiblichen Kind. –

Lena zieht die Nase kraus, als ob ein ekliger Geruch sie belästige, doch es ist die Assoziation zum Ausdruck *leibliches Kind* der diesen Reflex hervorruft. War sie wirklich mal ein Leib mit dieser abweisenden Frau namens Ariane Löpersen?
– Seltsam. –
Sie wendet sich den Kindern zu, die ihrem Geist entsprungen sind, streichelt kurz über die Buchrücken der Erstausgaben ihrer Romane. Nur sie sind auf dem Regal in Augenhöhe versammelt. In den Regalen darunter stehen Taschenbuchausgaben, Übersetzungen, Anthologien, Ordner mit Rezensionen, Doktorarbeiten, die sich mit ihrem Werk auseinandersetzen, Presseartikel, Videos mit Interviews, Korrespondenz mit vielen Leserinnen und wenigen Lesern.

Lena nimmt ihr erstes Buch in die Hand, dreht es auf die Rückseite und blickt in die großen Augen der 25 Jahre jungen Autorin.

– Tempi passati –

Sie war wirklich eine Schönheit, erkennt Lena jetzt, wo von dieser Schönheit kaum noch etwas übrig ist. Aber 1969, als dieses Foto aufgenommen wurde, fand sie ihr Gesicht unscheinbar, gewöhnlich, langweilig. Dabei bildete gerade die Kombination zwischen ihren großen braunen Augen und dem lockigen naturblonden Haar einen ausdrucksstarken Kontrast. Mit dem Autorinnenfoto hätte sie beste Chancen in den neunziger Jahren gehabt, in den Zeiten des *Fräuleinwunders*, als die fotogene und telegene Qualität einer Autorin mindestens ebenso wichtig wurde wie die literarische, vermutet Lena. Doch 1969 war nicht die Sicht auf die Frau wichtig, sondern die Sicht der Frau. Endlich sollte auch ihre Stimme zu Wort kommen, zum Wort in der Literatur. Das sagte ihr jedenfalls die Lektorin des Rombergverlages, die sie auf einem Fest im

Frauencafé kennenlernte. Da wagte sie es, ihr das Manuskript zu schicken, dem sie den schlichten Titel *Aufbruch* gegeben hatte, ein Titel, der später einer ganzen Reihe des Rombergverlages seinen Namen geben sollte: *Frauen im Aufbruch*.
– Der Sensationserfolg! –
Lena dreht das Buch um, so dass sie die Titelseite betrachten kann. In roten Lettern steht auf dem lila Einband LENA LÖPERSEN, und der Titel AUFBRUCH ist auf ein silbrig verfremdetes Foto gedruckt, auf dem man die Rückenansicht einer Frau sieht, die in eine weite Landschaft hineinläuft.
– Simple Symbolik. –
Aber sie wurde verstanden. Eine Frau geht ihren Weg. Und diese Frau war sie, die junge Lena, die ihre Romanfigur Lara ihre eigene Kindheit und Jugend in nur oberflächlich veränderten Äußerlichkeiten durchleben ließ.
– Laras Coming of age. –
Lena ärgert sich, dass ihr dieser heute in der Verlagsbranche gängige Anglizismus in den Kopf schießt. Damals sprach ihre Lektorin noch von einer wunderbaren Entwicklungsgeschichte, die sie geschrieben habe, die vielen Frauen Mut machen werde. So lebendig und farbig beschreibe sie ihren Aufbruch aus tiefster Provinz, aus Unterdrückung und Missachtung, ihren Kampf gegen einengende Normen, gegen Frauenfeindlichkeit und sexuelle Repression ...
– Und was nicht noch alles! –
Vielleicht war es gerade ein Geheimnis ihres Erfolges, dass sie nie über all das schreiben wollte, was ihre Lektorin in ihrem Manuskript sah. Sie wollte einfach über ihr Leben schreiben, über ihre Erfahrungen und Gefühle. Doch so einfach war es dann doch nicht. Zuerst schrieb sie als Lena Löpersen in der Ich-Form, fühlte sich dabei aber unbehaglich. Immer wieder

fragte sie sich: Habe ich das wirklich so gemacht, gedacht, gefühlt? Und will ich wildfremden Menschen davon erzählen? Und kann ich Verwandte und Freundinnen unter ihrem richtigen Namen agieren lassen, ohne dass sie sich verkannt fühlen und vielleicht beleidigt reagieren? So verfiel sie auf die uralte Methode, sich hinter einem Alter Ego zu verstecken. Sie kreierte Lara. Lara konnte völlig frei agieren, denn sie war ja nur eine Romanfigur, eine Phantasie der Autorin, die zwar von Autobiografischem gespeist wurde, aber zu welchen Anteilen und was genau, da konnte Lena sich schön bedeckt halten.

– Ach, wie gut, dass niemand weiß ... –

Sie siedelte Laras Familie auf der Hallig Nordstrandischmoor an statt auf der Hallig Gröde, wo sie ihre Kindheit verbracht hatte. Ihre Heimathallig Gröde mit nur zwei Warften und weniger als 20 Bewohnern war zwar kleiner als Nordstrandischmoor, aber das Leben auf den Halligen, diesen regelmäßig vom Meer überfluteten Landklecksen vor der nordfriesischen Küste, ähnelte sich sehr. In ihrer Kindheit in den fünfziger Jahren gab es noch keine Stromleitung zum Festland. Zur Beleuchtung dienten Petroleumlampen. Als Trinkwasser wurde Regenwasser in einem *Fething* gesammelt, einem kleinen Teich mitten auf der Warft, und zum Heizen musste im Sommer mit viel Mühe Kuhmist getrocknet werden, der dann in handliche Stücke geschnitten wurde, die sie *Ditten* nannten.

– Super exotische Gegend! –

Lena hört wieder diesen Ausruf ihrer Lektorin, die ganz begeistert von den Schilderungen des kargen, dem Meer abgetrotzten Lebens im Norden Deutschlands war. Das sei doch mal was Neues und als Kulisse fast so fremdartig wie der brasilianische Regenwald oder die sibirische Tundra.

– Kulisse! –
Lena spürt ihr Herz klopfen. Kurz nur, dann ist es wieder vorbei. Extrasystolen, nennt es ihr Arzt, der ihre Rhythmusstörungen behandelt. Angeblich harmlos. Aber Lena nimmt es als Mahnung, nicht weiter bei Gedanken an ihre Kindheit zu verweilen. Nicht anzufangen, über ihren Vater nachzudenken. Oder ihre Mutter. Und erst recht nicht über ihren Bruder, den von ihrer Mutter vergötterten einzigen Sohn.
– Unheilige Familienbande! –
Nein, von diesen Erinnerungen wird sie sich die Ruhe nicht nehmen lassen. Das alles hat sie mit heiligem jugendlichem Zorn in dem Buch abgearbeitet, das sie in der Hand hält. Viel lieber erinnert sie sich daran, wie sie sich aus der familiären Zwangsjacke befreit hat. Immer noch ist sie dankbar, dass die kleinste Schule Deutschlands, in der sie mit nur zwei anderen Kindern unterrichtet wurde, nur vier Jahre dauerte und sie danach auf ein Internat auf dem Festland gehen musste.
– Durfte! –
Nicht, dass es dort weniger streng zuging als bei ihrer Halliglehrerin. Aber sie war der schwarzen Pädagogik der Fünfziger nicht mehr allein ausgesetzt! Zum ersten Mal in ihrem Leben erlebte sie, dass auch andere Kinder voll innerer Wut auf die Demütigungen durch die Erwachsenen reagierten. Auch wenn nur die wenigsten offen aufbegehrten, genoss es Lena, das Gefühl von Widerstand mit anderen zu teilen.
– Gemeinsam sind wir stark! –
Stark waren sie nicht. Aber sie hatten eine Ahnung davon, dass es noch etwas anderes geben müsste als Ordnung, Sauberkeit, Disziplin, Gehorsam und Pünktlichkeit. Und andere Perspektiven für das Leben als einen sicheren Arbeitsplatz, Haus, Auto und Familie.

– Noch sehr diffus, unser Unbehagen. –
Lena entdeckte dieses andere in Büchern. Nicht in der ungeliebten Schullektüre, aber in den Büchern, die sie sich aus einer öffentlichen Leihbücherei holte. Vor allem die Bücher von Jean Paul Sartre eröffneten ihr eine neue Welt, eine Welt, in deren Zentrum Freiheit und Selbstbestimmung standen.
– Leben als Entwurf! –
Kurz vor ihrem Realschulabschluss las sie dann *Das andere Geschlecht* von Simone de Beauvoir. Als sie das Buch zuklappte, war die Feministin Lena Löpersen geboren.
– Und sie wuchs schnell! –
Lena war wild entschlossen, trotz des Drängens ihrer Eltern nicht auf die Hallig zurückzukehren, zu heiraten und ein Leben als Halligbäuerin zu führen. Sie entwarf ein völlig anderes Leben für sich. Sie zog nach Hamburg und absolvierte eine Lehre als Buchhändlerin. Während ihrer Arbeitszeit verkaufte sie Bücher und in ihrer Freizeit las sie Bücher. Und es gab einen Menschen, mit dem sie sich über das Gelesene austauschen konnte: Ingrid, der zweite Lehrling der Buchhandlung *Mager & Söhne*.
– *Der* Lehrling! –
Lena wundert sich über sich selbst, dass sie an Ingrid als *der Lehrling* und nicht als *die Auszubildende* denkt. Aber die Erinnerung übernimmt offenbar den Sprachgebrauch der Zeit und kümmert sich nicht um spätere Wandlungen. Dabei hat Lena, nachdem sie in den Achtzigern das Buch *Deutsch als Herrensprache* gelesen hatte, viel Wert darauf gelegt, der patriarchalisch geprägten Sprachstruktur etwas entgegenzusetzen. In ihren Büchern sollten Frauen nicht nur inhaltlich nicht mehr das zweite, das abgeleitete, das unbedeutende Geschlecht verkörpern, sondern auch sprachlich. Sie schrieb beharrlich

frau statt *man*, wenn es sich mehrheitlich um Frauen handelte, und auch die Verwendung der Endung *-Innen* setzte sie gegen ihre Lektorin durch, die ihr penetrant den Duden vorhielt.

– Der Duden! –

Der ist nach der vermurksten Rechtschreibreform nun auch nicht mehr die allein seligmachende Instanz, doch der Frauen konsequent einbeziehende Sprachgebrauch hat trotz allen Reformeifers auch in die alternativen Nachschlagewerke keinen Eingang gefunden. Kein Wunder, wenn junge Frauen wie Ariane sich wieder klaglos den herr(!)schenden Regeln beugen, ja, sich sogar darüber lustig machen, wenn Vorkämpferinnen der ersten Stunde wie Lena auf ihrer feministischen Schreibweise beharren.

– Unbegreiflich! –

Und wie wenig ihre Tochter zu würdigen weiß, was Lena ihr alles ermöglicht hat! Ariane hat keinen Kuhmist um- und umwenden müssen, nur um ein Zimmer zu haben, in dem man in einer dicken Jacke nur mäßig fror. Sie hat sich nie anhören müssen: Du heiratest ja doch. Sie ist aufs Gymnasium gegangen, hat studiert und den Beruf ergriffen, den sie ergreifen wollte. Doch das findet sie alles ganz selbstverständlich und nie wollte sie etwas von dem schweren Kampf hören, den die Frauen aus Lenas Generation ausfechten mussten, um ihren Töchtern dies alles zu ermöglichen. Und wenn Lena von ihrem ganz persönlichen Kampf sprach, mit dem sie sich aus der ihr vorgezeichneten Rolle befreit hat, von den Mühen des zweiten Bildungsweges, auf dem sie sich neben acht Stunden Arbeit in der Buchhandlung auf dem Abendgymnasium das Abitur erobert hat, um Germanistik zu studieren ... zu studieren! ... Ariane möge sich das doch bitte einmal vorstellen, kein Junge von einer Hallig hatte jemals studiert und ein Mädchen erst recht nicht, ... dann zuckte Ariane mit den Schultern und erwiderte kühl:

„Ich kenn die Story. Du hast sie ja lukrativ vermarktet. Und du hast das alles doch nicht für mich getan! Dir ging es nur um dich. Um deinen Aufstieg, um deine Befreiung, um deine Karriere. Also verschon mich mit deinen heroischen Schilderungen aus deinen alten feministischen Kampftagen!"

– Dass ich mir so was anhören muss! –

Nein, das hätte Lena niemals erwartet. Sie hat nicht nur für sich gekämpft, dieser Vorwurf ist völlig absurd. Sie gehört schließlich zu den Gründerinnen des Hamburger Frauenzentrums, hat §218-Beratung gemacht, unzählige Demos und Frauenfeste organisiert, in Selbsthilfegruppen mitgearbeitet. Es ging ihr um die internationale Bewegung, um die Befreiung aller Frauen ...

„Typisch Achtundsechziger! Unter der Rettung der Welt habt ihr's nicht getan. Da mussten die Bedürfnisse des privaten Umfeldes eben zurückstehen!"

– Ja, was denn nun? –

Entweder Ariane warf ihr vor, sie sei zu egoistisch gewesen, oder genau das Gegenteil, sie habe sich zu sehr um die Menschheit gekümmert. Hauptsache, sie konnte ihrer Mutter Vorwürfe machen! Aber dagegen hatte sie sich noch wehren können. Heute jedoch wird sie von Ariane mit der Verweigerung jeden ernsthaften Gesprächs für ihre vermeintlichen Versäumnisse bestraft.

– Das private Umfeld musste zurückstehen? –

Damit meinte Ariane natürlich sich selbst, das arme vernachlässigte Kind, dessen selbstsüchtige Mutter Bücher geschrieben hatte und das auch noch mit Erfolg.

– Was für ein Verbrechen! –

Eine Mutter hatte natürlich 24 Stunden am Tag nur für ihre Tochter da zu sein, sollte von morgens bis abends mit ihr schmusen, nebenbei noch kochen und putzen und ihr den Arsch abwischen! Wie die Hausfrau der fünfziger Jahre! Aber die hat nicht mit ihrer Tochter geschmust. Die hat sie von früh bis spät rumkujoniert.

– Da hätte Ariane sich aber bedankt! –

Lena stellt ihr Erstlingswerk *Aufbruch* wieder ins Regal und geht zu ihrem Schreibtisch zurück. Sie setzt sich auf ihren Stuhl, massiert ihre schmerzenden Fingergelenke und schließt die Augen. Plötzlich fühlt sie sich leer wie eine überstrapazierte Batterie; ihre Energie hat sich in ihrer Verteidigung gegen Arianes Anwürfe erschöpft. Vielleicht hat ihre Tochter ja doch recht. Vielleicht hat sie tatsächlich als Mutter versagt.

– Mein Leben ist verpfuscht. –

Übergangslos verfällt sie in Resignation und Selbstanklagen. Ja, sie hatte mit dem Baby Ariane große Schwierigkeiten. Alles war so ganz anders, als sie es sich ausgemalt hatte. Nach dem Kaiserschnitt konnte sie nicht stillen und fühlte sich noch wochenlang total müde und ausgelaugt. Doch statt sich erholen zu können, musste sie sich um ein Baby kümmern, das permanent schrie, wenn es satt war noch lauter, als wenn es hungrig war. Die Kinderärztin sprach von einem unausgereiften Verdauungstrakt und schmerzhaften Blähungen, das würde sich nach einigen Monaten geben, doch was nützte ihr das? Sie fühlte sich nicht nur überfordert, sondern sie entwickelte eine regelrechte Angst vor Ariane.

– Mein eigenes Kind war mir unheimlich. –

So war es, gesteht sie sich ein. Sie fühlte sich als Versagerin, die den Bedürfnissen ihres Kindes nicht gerecht wurde. Und dieses Gefühl wollte sie nie, nie wieder haben. Sie hatte so hart darum gekämpft, sich nicht als Versagerin, sich nicht als minderwertig, sich nicht als unfähig zu fühlen! Sie floh zu ihrem erfolgreichen Leben als Schriftstellerin und überließ Arianes Betreuung einer Kinderfrau.

– Bei der hatte sie es viel besser! –

Wenn diese anstrengende Babyzeit erst überstanden wäre, wollte sie mehr Zeit mit ihrer Tochter verbringen, das nahm sie sich ganz fest vor. Und das hätte sie auch tun können, trotz ihrer Arbeit an ihrem fünften Buch *Mein neuer Mensch* und der vielen Lesereisen. Doch wenn sie mit Ariane zusammen war, fühlte sie sich schnell unbehaglich. Die Kleine schaute sie mit ihren großen Augen an wie eine Fremde, weinte sofort, wenn sie etwas anders machte als die Kinderfrau, reagierte auf ihre Zärtlichkeiten merkwürdig verhalten, ja steif.

– Sie hat mich abgelehnt, nicht ich sie! –

In Lena lebt der Verteidigungsmodus wieder auf, kurz nur, dann übermannt sie erneut das Gefühl, alles falsch gemacht zu haben.

– Ich hätte nie ein Kind haben dürfen. –

Es war wohl die Abtreibung nach ihrer wilden Rumvögelei in der Studentinnenzeit gewesen, die den Keim zu ihrem späteren Kinderwunsch in sie eingepflanzt hat, analysiert Lena, aber genau weiß sie es nicht. Eigentlich war der Eingriff ganz locker abgelaufen. Ihre Freundschaft zu Ingrid aus ihrer Zeit als Buchhändlerin bewährte sich auch diesmal. Ingrid hatte einen Gynäkologen geheiratet und überredete ihren Helmut zu dem illegalen Schwangerschaftsabbruch in seiner Praxis. Helmut verstand es, das Ganze in einer angenehm nüchternen und dennoch freundschaftlichen Atmosphäre ablaufen zu lassen.

– Nur erbärmlich kalt war's! –

Unter dieser Kälte hat sie in ihrem fünften Buch *Mein neuer Mensch* Lara bei der Zeugung Dianas leiden lassen. Laras früheren Schwangerschaftsabbruch dagegen hatte sie nach Amsterdam verlegt. Nicht nur, um Helmut, der kaum verfremdet in ihren Büchern als Herbert agierte, vor jedem Verdacht zu schützen, sondern auch, um Lara eine für Frauen damals typische Erfahrung machen zu lassen. Das trug zur Identifizierung ihrer Leserinnen mit Lara bei.

– Und damit zum Verkaufserfolg! –

Mit dem konnte sie dann auch sehr zufrieden sein. Ihr Buch *Mein neuer Mensch* erzielte erneut die phantastische Auflage ihres zweiten Buches *Zwischen den Ufern*, das sogar noch ihren Erstling *Aufbruch* überflügelt hatte. Dazu trug in der Hochzeit des Kampfes gegen den §218 natürlich nicht nur die detaillierte Schilderung von Laras Schwangerschaftsabbruch in Amsterdam bei, sondern auch ihr Pendeln zwischen ihrer Liebe zu Männern und ihrer Liebe zu Frauen und die unverkrampft geschilderten Sexszenen mit der Entdeckung der Klitoris als Lustzentrum und der Entlarvung des Mythos' vom vaginalen Orgasmus. All das wollten Frauen damals gern lesen. Bei Lenas drittem Buch *Wer wir waren* allerdings sank die Auflage, wenn auch nur leicht.

– Zu intellektuell. –

Das vermutete Lena jedenfalls als Grund. Außer einer Dreiecksbeziehung zwischen Lara und zwei Männern hatte sie die Geschichte der Frauenbewegung aufgearbeitet, hatte über Blaustrümpfe, Suffragetten und Spuren mutterrechtlicher Kulturen in antiken Mythen geschrieben. Vieles war ihr da wohl zu abstrakt geraten, zu weit weg von der Lebenswelt ihrer Leserinnen.

– Aber ich hab bei der Recherche viel gelernt. –

Mit ihrem 1974 veröffentlichten vierten Buch lag sie dann wieder voll im Trend. *Starke Mütter,* ja das wollten inzwischen viele Frauen werden. Kinder galten nicht mehr als Klotz am Bein der sich emanzipierenden Frau, sondern Mutterschaft wurde zur Quelle urweiblicher Kraft, zur spirituellen Grundlage eines Frauenlebens hochstilisiert. So empfand es auch Lara und entwickelte passgenau ihren Kinderwunsch. Lena selbst stand dem Abdriften der Frauenbewegung ins Esoterische distanziert gegenüber. Sie ließ Lara sich nur darein verstricken, um im nächsten Buch den ganzen Hokuspokus genüsslich Stück für Stück zu demontieren. Aus Lara, der *neuen Hexe,* würde wieder eine vom Verstand regierte Frau werden. Und ihren Kinderwunsch würde Lara leichten Herzens zugunsten einer glänzenden Karriere als Bildhauerin aufgeben oder zumindest verschieben.

– Ja, mach nur einen Plan ... –

Der gute alte Chauvi Bert Brecht behielt Recht. Lenas Plan funktionierte nicht. Statt Lara den Kinderwunsch auszutreiben, infizierte Lena sich bei ihrem Alter Ego. Warum nicht Kind und Karriere? Warum nicht aller Welt zeigen, dass frau nicht wählen musste zwischen einem Leben, das sich nur ums Kind drehte, und einem Leben, das sich nur um den Beruf drehte? Frauen waren stark. Frauen wollten alles. Und Frauen konnten alles!

– Allmachtsphantasien! –

Aber damals war sie voller Energie, beseelt von dem Wunsch, dem Leben alle Möglichkeiten abzuluchsen. Warum nicht auch die Erfahrung, ein Kind zu tragen, zu gebären und zu erziehen? Fehlte nur der Mann dazu. Lena hielt Umschau unter ihren diversen Liebhabern und das Ergebnis fiel ernüchternd aus. Keinen konnte sie sich als Vater für ihr Kind vorstellen. Der Einzige, dem sie uneingeschränkt die Ehre hätte zukommen lassen, ihr Kind zu zeugen, wäre Ingrids Mann Helmut gewesen.

– Ihr Ehemann. Das eben war die Crux. –

Ingrid war im Laufe der Jahre immer konservativer geworden und hielt nichts mehr von freier Liebe. Sie hatte auf einer Heirat mit Helmut bestanden und sogar ihre Arbeit in der Buchhandlung aufgegeben, um ihm als Sprechstundenhilfe beim Aufbau seiner eigenen Praxis zu helfen. Helmut als Vater von Lenas Kind? Das hätte Ingrid niemals akzeptiert und es wäre das Ende ihrer Freundschaft gewesen.

– Unsere Freundschaft hat gehalten. –

Bis zu Ingrids Tod, aber daran will Lena jetzt nicht denken. Und an Ariane will sie erst recht nicht denken, auch nicht an ihre Zeugung, das hat sie doch vorhin beschlossen! Wieso wandern ihre Gedanken immer die alten Pfade entlang, die im Gefühl des Scheiterns münden, in Niedergeschlagenheit und Selbstekel? Sieht ihre Lebensbilanz wirklich so traurig aus? Sie ist eine erfolgreiche Schriftstellerin geworden. Ist das etwa nichts? Und Ariane ist eine erfolgreiche Wissenschaftlerin. Daran hat sie ja wohl auch ihren Anteil! Ihr Verhältnis zueinander könnte besser sein, zugegeben. Aber deshalb muss sie doch nicht ihr ganzes Leben in Frage stellen!

– Verdammt, nein! –

Lena blickt aus dem Fenster. Im Vogelhäuschen tummeln sich jetzt drei Kohlmeisen. Die Einfahrt ist freigeschaufelt. Gleich wird Ahmed kommen und sich seinen Lohn abholen. Sie werden ein kleines Schwätzchen halten. Ahmed schätzt sie, obwohl er keins ihrer Bücher kennt, und er mag sie nicht nur, weil sie ihm Arbeit verschafft.

– Oder? –

Ach, wie der Mensch immer und ewig um Anerkennung buhlt! Der Mensch? Sie, Lena Löpersen, die Bestsellerautorin, um die es so schrecklich ruhig geworden ist in den letzten Jahren, freut sich über jedes freundliche Wort des jungen Mannes, der ihr für Geld zu Diensten ist.

– Erbärmlich! –

Lena steht auf und wandert in ihrem Arbeitszimmer herum. Früher beherrschte sie die Kunst, ihre innere Unruhe in die Energie umzuwandeln, Worte zu Papier zu bringen. Jetzt treibt ihre überschüssige Energie sie nur immer tiefer in die Abwärtsbewegung ihrer Gedankenspirale hinein, die regelmäßig auf den Punkt zuläuft, an dem ihr zur Sinnlosigkeit und Absurdität des Lebens kein *Trotzdem!* mehr einfällt. Sie bleibt vor ihrem Tageskalender *Berühmte Frauen* stehen, der es ab und zu schafft, sie auf ihrer Gedankenspirale wieder ein Stück aufwärts zu schieben. Heute, am 12. Januar 2010, ist ein Zitat von Lou Andreas-Salomé abgedruckt: *Etwas in der Schwebe lassen können, anstatt vergeudendem Grübeln am Unzugänglichen, ist nicht nur Recht, sondern erstrebenswerteste Pflicht menschlichen Erkenntnisvermögens.*

Etwas in der Schwebe lassen? Das hat Lena nie gekonnt. Sie wollte immer allem auf den Grund gehen. War das also auch verkehrt? Vergeudendes Grübeln?

– Der Spruch baut mich nicht auf. –

Sie blättert voraus, bleibt am 17. Januar 2010 hängen. An Arianes vierunddreißigstem Geburtstag verkündet die Schauspielerin und Tänzerin Ginger Rogers: *Wissen Sie, es ist nichts Verwerfliches, eine starke Frau zu sein. Die Welt braucht starke Frauen.*

– Braucht sie die wirklich? –

Lena schüttelt den Kopf. Für heute wird sie sich an die Weisheiten Lou Andreas-Salomés halten und ihre Zeit nicht länger mit Grübeln vergeuden. Soll sie Ariane den Ginger Rogers Spruch als Geburtstagsgruß schicken? Ariane ist eine starke Frau. Viel stärker als sie selbst und das nicht nur, weil sie nur halb so alt ist. Lena hat der Welt eine starke Frau geschenkt.

– Wenn das nichts ist! –

Nein, sie wird ihr keine Karte schreiben. Sie wird sie anrufen. Und ihr ihren Vater schenken. Sie wird das nicht länger aufschieben. Dann ist sie die Last endlich los und Ariane bekommt, was sie früher so vehement eingeklagt hat.

– Ein Vater als Geburtstagsgeschenk. –

Lena verbietet sich darüber nachzugrübeln, ob Ariane sich darüber freuen oder es als zynisch empfinden wird. Sie wird tun, was zu tun ist.

– Basta. –

Durchs Fenster sieht sie Ahmed auf die Haustür zulaufen. Sie strafft sich und fährt kurz mit den Händen durch ihr Haar, um es aufzulockern. Sie hört, wie er sich die Stiefel abtritt und setzt ein Lächeln auf. Er klopft an, tritt ein, reibt seine blau gefrorene Nase und strahlt sie an:

„Ganz schön kalt heute!"

„Ja, Ahmed. Verdammt kalt. Komm, ich brüh uns einen Tee auf."

„Gute Idee. Machen wir wieder Klönschnack."

VI

Ariane: Hallo?
Lena: Herzlichen Glückwunsch zum Geburtstag!
Ariane: Danke.
Lena: Und? Feierst du ein bisschen?
Ariane: Äh ... nein. Für mich ist das heute ein ganz normaler Arbeitstag.
Lena: Am Sonntag?
Ariane: Tja, du weißt ja, wie das ist, wenn man sich seine Zeit selbst einteilen kann. Hier in Grünau macht mir niemand Vorschriften. Und da ich gerade mitten in einer Versuchsreihe stecke ...
Lena: ... gönnst du dir noch nicht mal an deinem Geburtstag ein bisschen Ruhe.
Ariane: Ist ja nur der Vierunddreißigste. Kein Runder. Und meine Raben haben mir heute Morgen ein tolles Geburtstagsständchen gesungen.
Lena: Na dann.
Ariane: Tja, nett, dass du angerufen hast. Ich werd dann mal wieder ...
Lena: Ich wollte dir noch was erzählen. Dauert auch nicht lange.
Ariane: Ja?
Lena: Du ... du wolltest doch immer wissen, wer dein Vater ist.
Ariane: ...

Lena: Hallo? Ariane? Bist du noch dran?
Ariane: Ich glaub's nicht! Willst du jetzt etwa plötzlich mit dem Namen meines Vaters rausrücken, nachdem du dich all die Jahre geweigert hast ...
Lena: Bitte, lass mich erklären. Ich konnte es dir nicht sagen! Ich hab einen heiligen Eid geschworen ...
Ariane: Seit wann ist dir denn irgendetwas heilig?
Lena: Leider kennst du deine Mutter kein bisschen.
Ariane: Also: Was für ein Hippie war mein Erzeuger?
Lena: Mir ist sehr wohl etwas heilig. Heilig im übertragenen Sinne, natürlich. Du weißt ja, ich bin nicht religiös ...
Ariane: Wie heißt der Typ?
Lena: Mir ist zum Beispiel die Freundschaft heilig.
Ariane: Komm zur Sache!
Lena: Das gehört zur Sache. Meine Freundschaft mit Ingrid war mir immer sehr wichtig. Sie durfte es nicht erfahren, das hab ich geschworen. Aber jetzt ist sie tot und deshalb ...
Ariane: Was hat Tante Ingrid mit meinem Vater zu tun?
Lena: Sie ... sie war mit ihm verheiratet.
Ariane: ...
Lena: Ariane? Hallo?
Ariane: Du willst mir jetzt nicht erzählen, dass Onkel Helmut mein Vater ist, oder?
Lena: Doch.
Ariane: Du meinst es natürlich mal wieder im übertragenen Sinne. Weil er dir in seiner Praxis diesen Samencocktail verabreicht ..., nein, transferiert, infiltriert ...
Lena: Vergiss es. Das ist Literatur. Und war die Version für Ingrid. Wir haben ganz banal ...

Ariane:	Nein! Sag's nicht!
Lena:	Wir haben gevögelt. Zweimal. Zum Zeitpunkt meines Eisprungs. Und es hat geklappt.
Ariane:	Bitte nicht! Nicht Onkel Helmut!
Lena:	Einen besseren Vater hättest du dir gar nicht wünschen können!
Ariane:	Aber ich habe ihn nicht als Vater gehabt! Verdammt noch mal!
Lena:	Er hat sich mehr um dich gekümmert als so mancher richtige ... ich meine offizielle Vater sich um seine Familie kümmert. Du hast doch später mehr bei ihm und Ingrid gelebt als bei mir!
Ariane:	...
Lena:	Ariane? Was ist? Ariane! Sag doch was!

VII

Ariane drückt heftig auf die Aus-Taste des Handys, legt es auf den Nachttisch und schmeißt sich auf Nommens Bett.
– Das darf nicht wahr sein! –
Es ist wahr. Sie weiß es. Ihr Gefühl hat es immer gewusst. Helmut war ihr Wahlvater. Sie hat ihn geliebt und ihren biologischen Vater hat sie gehasst. Diesen Scheißkerl, der in ein Reagenzglas gewichst hatte und sich wahrscheinlich auch noch großartig vorgekommen war. Ein Samenspender, der glaubte, einer verzweifelten kinderlosen Frau zum langersehnten Wunschkind zu verhelfen, aber zeitlebens keine Verantwortung für dieses gespendete Leben würde tragen müssen.
– Den es gar nicht gab. –
In Schüben verdrängt die Erkenntnis, dass Helmut nicht nur ihr Wahlvater, sondern auch ihr biologischer Vater war, ihre jahrzehntelangen Gewissheiten. Kein Reagenzglas, kein Samenspender, von dem ein Spermium das schnellste des Cocktails der Ergüsse mehrerer Männer war. Einem schlichten, altmodischen Geschlechtsakt verdankt sie ihr Leben. Helmut verdankt sie ihr Leben.
– Warum hat er's mir nie gesagt? –
Um Ingrid zu schützen, natürlich. Ingrid, seine geliebte Frau. Ingrid, der wichtigste Mensch in seinem Leben. Ingrid, die keine Kinder bekommen konnte. Ihr wollte er die Kränkung ersparen, dass er einer anderen Frau zu einem Kind verholfen hat. Noch dazu ihrer besten Freundin!

– Hätte es sie wirklich gekränkt? –
Am Anfang, vielleicht. Aber später, nach vielen Jahren? Als Ingrid sie längst wie eine Tochter geliebt hat? Vielleicht hätte sie es sogar wunderbar gefunden, dass es Helmuts Tochter war, die sie liebte? Helmuts Heimlichtuerei hat ihr die Chance vorenthalten, sich mit ihren wahren Gefühlen auseinanderzusetzen.
– Und mir auch! –
Ariane schlägt mit der Faust auf die Matratze, dass die Krümel von ihrem Geburtstagsfrühstück in die Luft fliegen. Das Geburtstagsfrühstück, für das Nommen sich im Dunkel des Hamburger Wintermorgens aus dem Bett gestohlen, das er ihr liebevoll serviert und nach dem er sich als Nachtisch angeboten hat.
– Ich war so sauglücklich heute Morgen! –
Und jetzt könnte sie schreien vor Wut. Wut auf ihren lieben Onkel Helmut! Wenn er sich doch nur zu ihr bekannt hätte! Sie sieht sich in seinen Armen auf dem Abiball. *An der schönen blauen Donau* hatte das Festkomitee an der Elbe als Eröffnungstanz für passend erachtet. Dieser Walzer gehörte natürlich Helmut. Sein Gesicht glühte vor Stolz auf seine junge Tanzpartnerin, die er in der von Tante Ingrid geschneiderten Abendrobe herumschwenkte. Und die stand am Rand der Tanzfläche und fotografierte. Ein ganzes Album mit Bildern vom Abiball hat sie Ariane vor deren endgültiger Abreise nach München geschenkt und noch einmal ihre Verwunderung darüber ausgedrückt, dass Lena nicht zu diesem wichtigen Ereignis im Leben ihrer Tochter hatte kommen wollen.

„Ach, du weißt doch, für sie ist das nur bürgerlicher Firlefanz. Und außerdem hat sie sowieso nur noch Zeit für Lothar. Lothar, die Liebe ihres Lebens!"

„Vielleicht stimmt's ja diesmal."

Arianes Auflachen klang selbst in ihren Ohren künstlich, aber Ingrids ewig gutwillige Interpretation Lenas kränkte sie. Sie schnaubte:
„Die große Liebe hält genau bis zu ihrem nächsten Buchprojekt. Dann hat der liebe Lothar ausgedient. Dann ist das Thema neues Leben durch jungen Lover ausgelutscht!"
Ingrid schüttelte nachsichtig den Kopf:
„Ich glaub schon, dass es diesmal was Ernsteres ist. Jedenfalls hat Lena selbst für mich kaum noch Zeit. Aber wenn wir uns das nächste Mal sehen, werde ich ihr kräftig den Kopf waschen, dass sie dich ..."
„Bitte nicht! Sie weiß doch gar nicht, dass ich noch mal aus München zurückgekommen bin. Verrat mich nicht!"
„Diese Heimlichtuerei gefällt mir nicht."
– Du Ahnungslose! –
Wenn Ingrid von Lenas Heimlichtuerei gewusst hätte, wären ihr wohl keine Skrupel gekommen. Aber sie hat Ariane nicht verpetzt. Wahrscheinlich hat sie es in Wirklichkeit genossen, dass sie an diesem Abend die Rolle der Mutter spielen durfte, überlegt Ariane, bevor eine neue Welle der Wut sie überschwemmt.
– Tante Ingrid, wie übel haben sie auch dir mitgespielt! –
Dr. Helmut Schaulandt und Lena Löpersen. Was für ein mustergültiges Elternpaar! Getrennt und doch traut vereint in Schweigen und Lüge. Dass ihre Mutter das Lügengespinst bis zum heutigen Tag aufrechterhalten hat, passt in Arianes Bild von ihr. Von Lena ist sie Herzlosigkeit ja gewöhnt. Aber Onkel Helmuts Schweigen bis zu seinem Tod entwertet ihre gesamte Erinnerung an ihn, taucht die Szenen des Helmut-Films in ihrem Kopf in ein verstörendes Zwielicht.
– Verräter! –

Tränen treten in Arianes Augen. Sie wischt sie hastig ab, weil Nommen den Raum betritt. Er blickt sie erst erstaunt an, dann besorgt:

„Hast du geweint?"

Ariane steht mit Schwung aus dem Bett auf und wirft sich ihm in die Arme.

„Vor Glück!"

Er schiebt sie sanft von sich weg, blickt ihr kritisch ins Gesicht.

„Glaub ich nicht."

„Warum kennst du mich so gut? Nein, es ist nur meine Hausstauballergie, schätze ich. Wer weiß, wie viele Millionen Milben sich in deinem Lotterbett tummeln!"

„Mein Lotterbett? Unser Liebeslager!"

„Ach Nommen!"

Ariane schmiegt sich wieder an ihn, versucht, ihn durch die Erinnerung an die Freuden des Morgens von ihrem Zustand abzulenken. Doch noch hat sie es nicht ganz geschafft.

„Warum hast du dich mit dem Telefon hier ins Schlafzimmer verkrochen?"

„Das war bloß eine Kollegin, die gratuliert hat. Aber die quasselt immer endlos. Das wollte ich dir nicht zumuten."

Nommen sagt nichts mehr, lotst sie sanft zurück ins Wohnzimmer.

– Glaubt er mir? –

Es scheint so, denn er bedrängt sie nicht länger mit Fragen, sondern setzt sich in seinen Sessel und vertieft sich in eine der vielen wissenschaftlichen Fachzeitschriften, die er abonniert hat. Ariane müsste sich erleichtert fühlen, doch stattdessen macht sich ein Gefühl der Enttäuschung in ihr breit. Er müsste weiterbohren, hartnäckiger fragen, sich nicht so schnell zufrieden geben! Wie gern würde sie ihm alles erzählen! Seine Anteilnahme würde ihr bestimmt verdammt gut tun. Aber dann müsste sie zugeben, ihn angelogen zu haben. Zugeben, dass ihre Mutter nicht tot ist, sondern quicklebendig, nur gut dreißig Kilometer von ihnen entfernt, in ihrer Villa in Dassendorf hockt.

– Das würde er nicht verstehen. –

Sie versteht es ja selbst nicht mehr. Warum nur hat sie ihm ihre Mutter verschwiegen? Oder vielmehr: Warum hat sie ihre Mutter bei einem Unfall sterben lassen? Sie wollte sie am liebsten los sein, wollte nicht die Tochter der berühmten Lena Löpersen sein, sondern sich aus sich selbst heraus erschaffen.

– War es so? –

So ungefähr erinnert sie sich an ihre Motive. Und weil sie Nommen ihre Mutter vorenthalten hat, kann sie jetzt nicht mit ihm über ihren Vater reden, den Vater, der ihr eben gerade erst präsentiert worden ist, obwohl sie ihn immer schon gehabt hat.

– Das ist doch alles hirnrissig! –

Ariane sitzt auf Nommens Sofa und unterdrückt einen Seufzer. Sie sollte reinen Tisch machen, Nommen ihre unsinnige Lüge gestehen und ...

– Nein! –

Nicht gerade jetzt. Jetzt sollten sie die Vergangenheit ruhen lassen und über die Zukunft reden. Ariane blickt auf ihren Bauch. Hat sich dort neues Leben eingenistet? Sie hat Nommen noch nichts vom Ausbleiben ihrer Regel gesagt, obwohl sie sich inzwischen ziemlich sicher ist, dass es kein falscher Alarm ist.

– Keine falsche Fanfare! –

Sie wird jubeln, wenn es gewiss ist. Sie hat sich schon einen Schwangerschaftstest aus der Apotheke besorgt, der in vier Tagen ein sicheres Ergebnis liefern wird. Und dann wird auch Nommen jubeln. Er will mit ihr eine Familie gründen, das hat er immer wieder gesagt.

– Mit mir. –

Mit dir, nur mit dir, hat er ihr zärtlich ins Ohr geflüstert und sie glaubt ihm. Er liebt sie und wird sie immer lieben, davon ist sie überzeugt, trotz aller Statistiken über die Brüchigkeit von Liebesbeziehungen und obwohl in Lenas Büchern eine Vierunddreißigjährige mit diesem Glauben als naiv und lächerlich präsentiert würde.

– Ich weiß es einfach. –

Sie weiß, dass sie sich auf Nommen verlassen kann, dass sie ihm trauen kann, dass er der Mann ist, der ihrem Kind ein guter Vater sein wird. Manchmal ist es besser, seiner Intuition zu vertrauen statt der Ratio, die doch nur ständig neue Zweifel sät. Und gerade in einer so existenziellen Frage wie der Wahl des Fortpflanzungspartners!

– Was denkt in mir so komisch? –

Dass ihr das Wort *Fortpflanzungspartner* eingefallen ist für den Mann, der vielleicht, wahrscheinlich, hoffentlich der Vater ihres Kindes sein wird, irritiert Ariane. Ihr Gefühl nennt ihn ganz anders. Liebster, Geliebter, du Guter!

Du Guter, so nennt sie ihn ironisch, seit er an seinem Buch über das Gute im Menschen schreibt. Aber inzwischen lässt sie den ironischen Tonfall nur noch anklingen, damit es nicht peinlich wirkt. Denn eigentlich meint sie es ernst. Er ist ein Guter. Punkt. Warum kann eine Frau einen Mann einen *Chauvi*, einen *Macho* oder einen *Herzensbrecher* nennen und

das wird noch als Kompliment aufgefasst, aber wenn sie ihn als *Guten* bezeichnet, gibt sie ihn der Lächerlichkeit preis?
– Gut gleich dumm gleich schwach –
Dabei ist Nommen mutig. Er scheut nicht den Konflikt mit der immer noch vorherrschenden Lehrmeinung, der Mensch sei ein von Natur aus böses Wesen, dem die Zivilisation nur ein fadenscheiniges Mäntelchen des Guten umgehängt hat. Nach seiner intensiven Lektüre der neuesten Forschungsergebnisse aus dem Bereich der Epigenetik hat er im Gespräch mit ihr triumphierend verkündet:
„Das Märchen vom *egoistischen Gen* ist gestorben!"
Ariane blieb skeptisch:
„Und ist es auch gestorben, so lebt es doch munter weiter."
„Stimmt. Es wird noch allüberall weiterverbreitet. Darum ist es auch so wichtig, auf allgemeinverständliche Weise darzustellen, dass der eigentliche Motor der Evolution nicht die Mutation einzelner Gene ist, sondern dass die Gene unter dem Kommando der Repeat-Sequenzen stehen, die auf externe Stressoren mit Duplikation, Rekombination und Ortswechsel reagieren."
„Allgemeinverständlich!"
„Das ist es ja, womit ich mich abplage. Wie überzeuge ich normale Menschen davon, dass alles Lebendige sich auf der Grundlage von Kooperation entwickelt hat?
„Ich würde mit Frans de Waal und seinen Beobachtungen an Schimpansen anfangen, mit der wichtigen Rolle, die die Kooperation in der Schimpansenhorde spielt."
„Du hast Recht. Weg von der Zellebene. Die ist einfach nicht sexy. Schimpansen ziehen dagegen immer."
– Lenas Worte! –

„Ja, ich werde mit den Fairnessversuchen bei Schimpansen anfangen. Wenn der Leser sieht, dass unsere nächsten Verwandten einen Sinn für Gerechtigkeit haben, wird er auch verstehen, dass unsere Moral ihren Ursprung schon im Tierreich hat. Wir müssen nicht das Tier in uns bekämpfen, im Gegenteil ..."

„Genau die Versuche will ich als Erstes auch mit Hunden unternehmen."

Das Stichwort *Hunde* lenkt Arianes Gedanken weg von diesem Gespräch, das sie vor Kurzem mit Nommen geführt hat, hin zu dem beruflichen Wechsel, in den ihre Beziehung zu Nommen sie in Kürze führen wird. Sie will mit ihm zusammen leben. Sie wird ihren Raben in Grünau Lebewohl sagen und ab März hier in Hamburg am *Institut für evolutionäre Anthropologie* mit Hunden arbeiten.

– Adieu, Hugin und Munin! –

Die Umstellung wird ihr schwerfallen, das weiß sie. Sie hat sich in den Jahren ihrer Arbeit mit den *fliegenden Schimpansen* so sehr auf sie eingestellt, dass sie oft spontan vorhersagen konnte, wie ein bestimmter Rabe auf eine Versuchsanordnung reagieren würde. Sie konnte sich immer besser in ihre Raben hineinversetzen.

– Jetzt also Hunde. –

Lange Zeit ist niemand auf die Idee gekommen, mit Hunden zu forschen. Zu degeneriert, durch den Umgang mit dem Menschen verdorben, war die gängige Meinung unter Verhaltensforschern. Erst ein Doktorand am Primatenforschungszentrum in Leipzig brachte die Wende. Seine Gruppe testete, ob Schimpansen unter mehreren Dosen diejenige herausfinden konnten, unter der Futter versteckt war, wenn der Versuchsleiter mit dem Finger auf sie zeigte. Kein Schimpanse verstand den Fingerzeig und dem enttäuschten Doktoranden entschlüpfte der Satz:

„Mein Hund kann das aber!"

Das brachte ihm den Auftrag zu einer entsprechenden Studie mit Hunden ein, bei der sich herausstellte, dass sie die menschliche Zeigegeste richtig interpretierten und sofort das versteckte Futter fanden. Dieser Doktorand ist heute der Leiter des Instituts, an dem Ariane in Zukunft arbeiten wird. Hier wird sie die Tiere erforschen, die sich im Laufe der jahrhundertealten Domestizierung zu Experten für die Kommunikation mit Menschen entwickelt haben. Aber Ariane ist keine Expertin für die Kommunikation mit Hunden, würde auch nie auf die Idee kommen, sich einen Hund als Haustier zu halten.

– I love birds! –

Vielleicht jedoch ist ihre Neutralität gegenüber den Tieren, an denen sie forschen soll, sogar ein Vorteil. Zu ihren Raben hat ihr wohl manchmal schon die erforderliche emotionale Distanz gefehlt, gesteht sie sich ein. Sie wird ihre schwarzgefiederten Freunde vermissen. Aber sie wird Nommen nicht mehr vermissen müssen, wird endlich nicht nur wenige Wochenenden mit ihm teilen, sondern den Alltag. Und wenn das Kind kommt ...

– Wenn! –

Ariane wischt den Zweifel beiseite. Es ist nur ein theoretischer Zweifel. Ihr Körper ist sich sicher. Zärtlich blickt sie Nommen an, der ihr mit seiner Zeitschrift gegenübersitzt und ab und zu mit einem Bleistift etwas unterstreicht. Was wird er ihrem Kind mitgeben? Seine blauen Augen haben als rezessive Erbanlagen schlechte Chancen gegenüber ihren dominanten braunen. So wie sie selbst ihre braunen Augen von Lena geerbt hat und nicht die blauen von Helmut.

– Nicht an die Vergangenheit denken! –

Auch Nommens Friesenblond wird die Vermischung mit ihrem Straßenköterblond wohl kaum unbeschadet überstehen.

– Oder doch? –

Denn in ihr steckt ja auch ein friesischer Anteil, fällt ihr ein, von ihrem Großvater, Lenas Vater, diesem Halligbauern, den sie nie kennengelernt hat, obwohl sie schon sieben war, als er gestorben ist. War der überhaupt blond? Sie kann sich an keine Besuche auf Nordstrandischmoor erinnern, kennt Lenas Heimathallig nur aus deren Buch *Aufbruch*.

– Ach nein, die Hallig Gröde war's ja in echt! –

Egal. Sie kennt weder Gröde noch Nordstrandischmoor. Und von ihrer Großmutter weiß sie noch weniger als von ihrem Großvater. In *Aufbruch* stammte Laras Mutter aus Bayern und war als Heumagd auf die Hallig gekommen. Aber ob das auch für Lenas Mutter galt?

– An die Zukunft denken! –

Doch gerade der Blick in die Zukunft bringt die Gedanken an die Vergangenheit hervor. Welches Erbe wird sie ihrem Kind mitgeben? Was ist mit ihren Großeltern väterlicherseits? Helmuts Eltern hat sie auch nie kennengelernt. Sie kann ihrem Kind nur Gene vermachen, keine Familiengeschichte. Das muss Nommen mit seiner ausufernden Sippschaft übernehmen.

„Nommen?"

„Ja?"

„Glaubst du, deine Eltern würden sich über noch ein Enkelkind freuen?"

Nommen legt seine Fachzeitschrift auf den Wohnzimmertisch und blickt sie erstaunt an, sagt aber nichts.
„Meine Regel ist seit zehn Tagen überfällig."
„Seit zehn Tagen schon? Ariane! Das ist ja wunderbar!"
„In vier Tagen kann ich einen Test machen."
Er setzt sich zu ihr aufs Sofa und nimmt sie in den Arm. Ariane schließt die Augen, genießt den Moment. Nommen küsst sie aufs Haar, bevor er sagt:
„Meine Eltern würden sich freuen. Aber ich würde vor Begeisterung ... äh ... also ..."
„... einen Luftsprung machen?"
„Nein, einen Wickelkurs!"
Am Abend hat Nommen sie zur Feier ihres Geburtstags in ein syrisches Restaurant eingeladen. Sie genießen es, sich nicht für ein Gericht entscheiden zu müssen, denn in fünf Gängen werden ihnen unzählige Schüsselchen mit allen nur denkbaren, orientalisch gewürzten Köstlichkeiten serviert.
– Genuss pur! –
Trotzdem konzentrieren sie sich nicht nur auf die auserlesenen Geschmackserlebnisse. Zu sehr spukt das Mögliche in ihren Köpfen herum. Wo soll das Mögliche zur Welt kommen? In einer Klinik, einem Geburtshaus, zu Hause? Und was braucht es alles? Ariane fällt als Erstes ein:
„Eine Wiege."
„In einem Kinderzimmer."
Sie räumen in Gedanken Nommens Wohnung um. Sein schönes großes Arbeitszimmer könnte das Kinderzimmer werden. Er würde sich dann mit dem kleinen halben Zimmer begnügen, in dem bisher nur Gerümpel steht. Ariane wird mit einem Schreibtisch im Wohnzimmer vorlieb nehmen.
„Ich werde ja die meiste Zeit im Institut arbeiten."

„Wie gut, dass ich die Wohnung behalten hab!"

Nommen hat dort in seinen Studententagen mit zwei Kommilitonen zusammen gewohnt, bis die beiden anderen nach dem Ende ihres Studiums ausgezogen sind. Danach wollte er sich eigentlich eine kleinere suchen, doch der Erfolg mit seinem Buch *Und ich entscheide doch*, in dem er die Willensfreiheit gegen vermeintliche Erkenntnisse prominenter Hirnforscher verteidigte, ermöglichte ihm, die Dreieinhalb-Zimmer-Wohnung auch allein zu finanzieren. Er, der als Kind mit seinem älteren Bruder ein Zimmer teilen musste, genoss es, so viel Raum nur für sich zu haben. Bis Ariane in sein Leben und in seine Räume kam. Tageweise. Wochenendweise. Aber bald schon wird es jeden Tag sein. Ab dem 1. März. Und dann wird auch noch ...

„Hast du schon eine Idee für einen Namen?"

„Nommen! Das ist doch noch viel zu früh! Lass mich erst mal den Test machen!"

Doch auch Ariane hört nicht auf, für das noch Namenlose zu planen. Wie lange gibt's Elterngeld? 14 Monate? Und wie viele Monate würde er davon übernehmen?

„Alle!"

„Kommt nicht infrage. Mindestens das erste halbe Jahr will ich mich um das Kind kümmern."

„Wir beide!"

„Ja, so viel wie möglich, wir beide. Unser Kind soll eine Mutter und einen Vater haben, die es auch verdienen, so genannt zu werden."

– Keine Komplettausfälle wie Lena und Helmut! –

„Prost, Ariane!"

„Nur Mineralwasser, bitte! Prost!"

VIII

Ariane sitzt in ihrem Büro in Grünau und blickt auf die schneebedeckten Hügel vor ihrem Fenster. Schneebedeckte Hügel sind normal hier Mitte Februar, aber der Winter hat auch Hamburg noch fest im Griff, wie Nommen ihr gestern Abend am Telefon erzählt hat. Kein Nieselfieselwinter wie gewohnt. Das Streusalz geht aus. Die Autofahrer klagen. Aber Nommen genießt die Spaziergänge rund um den zugefrorenen Weiher im nahegelegenen Park und beobachtet die Kinder auf ihren Schlitten am Rodelhügel.

„Ich übe schon mal, die Welt aus Kindersicht zu betrachten."

Über diesen Satz freut Ariane sich jetzt noch. Doch sie sollte sich wieder darauf konzentrieren, die Welt aus Rabensicht zu betrachten. Gleich werden die beiden Männer kommen, die sie für die Durchführung ihrer letzten Versuchsreihe hier in Grünau braucht: der Zivi Steffen und der Praktikant Wolfgang. Sie hat sie schon kennengelernt, freundliche, interessierte und engagierte junge Männer. Aber ihre wichtigste Eigenschaft ist, dass sie den Raben unbekannt sind.

– Ich koch mal Kaffee. –

Sie hat gerade das Kaffeepulver mit heißem Wasser übergossen, als Steffen und Wolfgang eintreffen. Ariane begrüßt sie und wirft einen Blick auf die Jacken, die beide über die Lehnen der Stühle hängen, auf denen sie Platz nehmen. Steffens ist eine froschgrüne Daunenjacke, Wolfgangs eine dunkelbraune, gefütterte Lederjacke.

– Sehr schön zu unterscheiden! –

Die beiden nehmen den angebotenen Kaffee gern an, wärmen sich die Finger an den heißen Bechern und nach ein paar Bemerkungen über Winter, Kälte und den Frühling, der auch dieses Jahr wiederkommen wird, lassen sie sich von Ariane den Versuchsaufbau erklären, an dem sie mitwirken sollen. Als sie alles verstanden haben, geht Ariane zuerst mit Steffen zur Voliere. Sie stellt ihn den acht Raben vor, die ihn interessiert beäugen.

– Aha, mal wieder ein neuer Zivi. –

So oder ähnlich denken die Raben, denkt Ariane, aber das kann sie natürlich nicht beweisen. Um ihrem Denken so auf die Spur zu kommen, dass es wissenschaftlichen Kriterien standhält, muss sie trickreich vorgehen. Dazu dient das Gastgeschenk, das Steffen vor Munins Schnabel legt, ein kleines buntes Plastikspielzeug, wie Raben es lieben. Ariane zieht sich hinter eine Holzwand zurück, hinter der die Raben sie nicht sehen können, und filmt, wie Munin das Plastikspielzeug in den Schnabel nimmt und es ganz in der Nähe Steffens im Schnee versteckt. Steffen schaut demonstrativ zu, beugt sich sogar ein wenig in Richtung des Verstecks vor. Dann hat er seinen Job getan und kehrt in Arianes Büro zurück. Zwei Stunden später wiederholt Wolfgang die Prozedur. Und so treiben die beiden es noch zwei Tage lang, immer wieder schenken sie Munin Spielzeug, immer wieder versteckt er es vor ihren Augen im Schnee.

– Doch jetzt mutiert Wolfgang zu Mr. Hyde! –

Am dritten Tag plündert Wolfgang Munins Versteck, gräbt das Spielzeug aus dem Schnee und trägt es zurück ins Büro. Steffen plündert nicht. Drei Tage lang plündert Wolfgang und Steffen rührt die Verstecke nicht an. Munin versteckt das

Spielzeug regelmäßig ganz in Steffens Nähe, bei Wolfgang mal nahe, mal unterschiedlich weit entfernt.

„Als ob er ausprobieren will, ab welcher Entfernung ich vielleicht nicht mehr plündere."

Ariane teilt Wolfgangs Einschätzung bei ihrer Nachbesprechung. Aber das ist natürlich nur eine Spekulation. Sie erklärt ihren Helfern:

„Morgen ist der entscheidende Tag! Da werdet ihr Munin kein Spielzeug, sondern Futter schenken."

Am nächsten Morgen filmt sie zuerst, wie Steffen Munin ein Fleischstück vor den Schnabel legt. Munin nimmt es auf und versteckt es fast vor Steffens Füßen.

– Steffen, der Gute! –

Etwas später überreicht Wolfgang dem Raben ein Fleischstück. Munin schnappt es sich, fliegt weit weg, bis hinter eine Bretterwand, die Wolfgang die Sicht nimmt. Erst dort versteckt er das Futter.

– Wolfgang, der Böse! –

Ariane ist sehr zufrieden mit dem Verlauf des Versuchs. In den nächsten Tagen wiederholen sie ihn mit den anderen Raben, Wolfgang und Steffen wechseln sich in der Rolle des vertrauenswürdigen und des räuberischen Futterschenkers ab, das Ergebnis ist immer das Gleiche: Die Raben lernen sehr schnell, die beiden zu unterscheiden und ihr Verhalten nach ihren Erfahrungen auszurichten.

„Aber aus den Versuchen können wir noch mehr lernen!"

Ariane sitzt mit ihren beiden Helfern wieder in ihrem Büro. Wolfgang hält eine Rumflasche hoch und schwärmt von einem heißen Grog.

– Alkohol im Dienst? –

Der Dienst ist schon lange zu Ende, beruhigt sich Ariane, und die beiden jungen Männer haben ohne zu murren mit ihr zusammen freiwilligen Dienst an der Wissenschaft geleistet. Sie gibt zwar zu bedenken, dass sie keinen Zucker im Büro hat, aber als Wolfgang mit verschmitztem Lächeln ein paar Würfel aus seiner Hosentasche holt, stellt sie den Wasserkocher an.

– Alkohol außer Dienst. –

Während Wolfgang und Steffen ihren Grog genießen, nippt Ariane an einem zu heißen Pfefferminztee und hält ihnen einen kleinen Vortrag über die theoretischen Grundlagen dessen, was sie in den letzten Tagen zusammen getrieben haben:

„Entscheidend ist ToM. Das ist kein Mann, kein Tom, oh nein, ToM, die *Theory of mind*, eine Kerntheorie für die Intelligenzforschung an Tieren. ToM, das ist die Fähigkeit, sich vorzustellen, was in einem anderen vor sich geht. In unseren Versuchen nutzen die Raben das Plastikspielzeug, um auszutesten, wieweit sie einem Menschen trauen können. Wenn es dann ums Lebenswichtige, nämlich ums Futter geht, nutzen sie ihre Erfahrung, um die guten oder bösen Absichten des Schenkers einzuschätzen und richten ihr Verhalten danach aus."

Wolfgang und Steffen nicken zu ihrem Fazit, doch Ariane ist mit ihren Schlussfolgerungen noch nicht zu Ende:

„Das heißt: Sie bilden sich in ihren Köpfen eine Vorstellung davon, was in deinem Kopf, Wolfgang, und in deinem Kopf, Steffen, vor sich geht. Stimmt's oder hab ich recht?"

Wieder nicken die beiden einträchtig. Wolfgang gießt sich noch einen zweiten Grog auf, hebt den Becher hoch und prostet ihr zu:

„Schon kapiert. Die Raben haben ToM. Quod erat demonstrandum."

– Offenbar humanistisches Gymnasium. –

Ariane fragt Wolfgang nicht, ob ihre Vermutung über seinen Bildungsweg richtig ist. Ihr ist nur wichtig, dass sich ihre Vermutung über die Fähigkeiten ihrer geliebten Raben bestätigt hat. Und sie möchte, dass Wolfgang und Steffen die Bedeutung dieser Erkenntnis auch wirklich zu würdigen wissen:

„Lange Zeit hielt man die Fähigkeit, sich in das Gehirn eines Artgenossen hineinzuversetzen, für eine exklusiv menschliche Fähigkeit. Dann haben Versuche gezeigt, dass auch Schimpansen sie haben. Und viele andere Säugetiere. Aber Vögel? Das hätte ihnen niemand zugetraut. Ich selbst habe mit meinen Versuchen hier in Grünau nachgewiesen, dass Raben sich sehr wohl eine Vorstellung davon machen, was im Kopf eines anderen Raben vor sich geht."

Wieder Nicken, aber fragende Augen.

„Die Versuche, die wir heute abgeschlossen haben, gehen noch darüber hinaus. Denn wir haben gezeigt, dass die Raben sich nicht nur eine Vorstellung davon machen, was im Kopf eines anderen Raben vor sich geht, sondern auch davon, was im Kopf eines ganz anderen Lebewesens vor sich geht. Oder seid ihr Raben?"

„Who knows?"

– Witzbold! –

„Im Versuchsprotokoll werdet ihr jedenfalls als Menschen geführt. Ich hoffe, dass diese Klassifizierung einer wissenschaftlichen Untersuchung standhält. Wir halten also fest: Raben können sich in Menschen hineinversetzen, in Wesen einer ganz anderen Art. Das ist sensationell!"

„Gibt's dafür den Nobelpreis?"

Ariane lacht über Steffens Frage, die nur ironisch gemeint sein kann.

– Verstehen Raben auch Ironie? –

Von ihrem eigenen Gedanken verblüfft, schweigt sie einen Moment. Nein, das scheint ihr doch eine letzte Bastion des Menschen zu sein. Das traut sie ihren *brainy birds* denn doch nicht zu.

Am Abend telefoniert sie mit Nommen, erzählt ihm noch ganz begeistert vom Abschluss ihrer Versuchsreihe, doch ihn interessiert vor allem, ob ihr am Morgen wieder übel war.

„Ein bisschen. Aber nicht wirklich schlimm. Wie weit bist du mit dem Kinderzimmer?"

„Ehrlich gesagt, bin ich immer noch dabei, das Kabuff auszuräumen. Was sich da alles angesammelt hat! Allein die alten Zeitschriften, in denen irgendwas Interessantes stand, was man einmal lesen wollte, wenn man die Zeit dafür hätte!"

„Was man nicht gleich liest, liest man nie."

„Nein, aber was man wegschmeißt, das braucht man garantiert kurz darauf."

„Schmeiß es trotzdem weg! Schaff Raum für unser Kind!"

„Du musst herkommen und aufpassen, dass ich mich beim Aussortieren nicht ständig festlese."

„Noch fünf Tage!"

„Eine Ewigkeit!"

„Nommen?"

„Hmmh?"

„Ich vermiss dich auch."

IX

Lena sitzt an ihrem Schreibtisch und starrt aus dem Fenster. Anfang März und noch immer fällt Schnee! Einen so hartnäckigen Winter hat es lange nicht gegeben.
– Wenn ich Ahmed nicht hätte! –
Sie beobachtet seine kraftvollen, gleichmäßigen Bewegungen beim Schneeschaufeln und denkt daran, wie er sich über Arianes alten Schlitten gefreut hat. Er hatte ihn im Keller hinter den Gartengeräten entdeckt und Lena scherzhaft darauf aufmerksam gemacht, dass sie damit bestimmt ein Riesengeschäft machen könne, denn der Markt sei leergefegt, er selbst habe sich vergeblich bemüht, einen Schlitten für seine kleine Schwester zu kaufen. So müssten sie eben auf Plastiktüten rodeln.
– Warum fragt er nicht einfach, ob er ihn haben kann? –
Aber das würde Ahmed niemals tun, so viel hat Lena inzwischen über die kulturellen Differenzen zwischen ihnen begriffen. Sie findet es manchmal etwas mühsam, dass er selten geradeheraus sagt, was er möchte, und sie immer erst das eigentliche Anliegen hinter seinen Äußerungen suchen muss, aber so ist das nun wohl bei den Afghanen. Auch wenn er hier aufgewachsen ist, einen deutschen Pass hat und sich gern einen *waschechten Hamburger Jung* nennt, machen sich einige Traditionen seiner Familie doch bemerkbar, findet Lena. Nicht viele, aber die für ihn unhinterfragbare Wichtigkeit dieser Familie ist zum Beispiel etwas, das sie trennt. Er wundert sich

immer wieder darüber, dass sie ganz allein lebt und ihre Tochter kaum einmal sieht.

„Sie führt ihr eigenes Leben, Ahmed."

„Aber du bist ihre Mutter! Sie muss sich doch um dich kümmern!"

„Ich kann mich um mich selbst kümmern. Und wenn ich Hilfe brauche, habe ich genug Geld, um jemanden dafür zu bezahlen."

„Wie mich."

„Ja."

„Aber das ist doch traurig."

„Nein. Warum? Das gehört auch zu der Freiheit, die wir im Westen uns mühsam erkämpft haben. Wir fühlen uns nicht mehr verpflichtet, jemanden zu lieben, nur weil er zur Familie gehört. Liebe kann nur freiwillig sein. Und wenn da keine Liebe ist, dann ist es eben so."

Daraufhin schüttelt Ahmed nur den Kopf und geht wieder in den Garten. Für ihn ist seine Familie das Wichtigste in seinem Leben, das weiß Lena aus ihren regelmäßigen *Klönschnacks*, wenn er seine Arbeit getan hat, und seine Familie, das sind nicht nur seine Mutter und sein Vater, nicht nur seine drei Brüder und zwei Schwestern, sondern auch seine vielen Onkel und Tanten, Cousins und Cousinen und selbst viele noch entferntere Verwandten, die sich alle hier in Hamburg angesiedelt haben.

– Der Clan. –

Typisch, diese Clanstruktur, hat sie manches Mal gedacht, auch wenn sie sonst in ihren Vorurteilen, was typisch afghanisch sei, von Ahmed immer wieder eines Besseren belehrt worden ist. Ahmed trinkt am liebsten Bier, und wenn sie ihm vorhält, dass seine Religion ihm das doch verbiete, lächelt er und meint, das sei Allah bestimmt lieber, als wenn er mit einem Sprengstoffgürtel sich und andere Menschen zerfetze. Ahmed hasst Unpünktlichkeit und schätzt Ordnung, Sauberkeit und Fleiß. Manchmal beschwert er sich, dass es manchem Kommilitonen an diesen Tugenden doch sehr mangele. Ahmed jobbt neben seinem BWL-Studium, um seine Eltern zu entlasten, damit sie auch seiner älteren Schwester ein Studium finanzieren können.

„Du findest also ein Studium für ein Mädchen genauso wichtig wie für einen Jungen?"

Mit dieser Frage hat sie Ahmed richtig verärgert. Sein Vater sei in Kandahar Direktor einer Mädchenschule gewesen. Sein Einsatz für das Recht von Mädchen auf Bildung habe ihn in den Augen der Taliban zu einem Knecht der gottlosen Sowjets gemacht und hätte ihn wahrscheinlich das Leben gekostet, wenn ihm damals nicht die Flucht gelungen wäre. Und hier in Deutschland frage eine Berufsberaterin seine Schwester, ob es denn wirklich ein Medizinstudium sein müsse, der Beruf einer medizinisch-technischen Assistentin sei doch viel besser mit späteren Familienpflichten in Einklang zu bringen!

– Familienpflichten! –

Das Wort schickt Lenas Gedanken zurück in ihre Jugendzeit. Als sie ihrer Mutter eröffnete, sie wolle nach ihrem Realschulabschluss in Hamburg eine Lehre zur Buchhändlerin machen, war die empört und forderte von ihrer Tochter, sie solle nach Gröde zurückkommen und auf dem Hof helfen. Der Vater und sie schafften es nicht mehr alleine.

„Ihr habt doch Hermann!"

Doch diesen Einwand ließ ihre Mutter nicht gelten. Auf Hermann ruhe die ganze Last und Lena wolle sich einfach auf-

und davonmachen zu einem leichten Leben in der Großstadt, soweit komme es noch!

– Oder hat sie mich als leichtes Mädchen beschimpft? –

Lena weiß es nicht mehr. Sie hat sich von ihrem Entschluss nicht abbringen lassen. Sie wollte nicht in eine Umgebung zurückkehren, in der ihr Bruder Hermann Mutters Ein und Alles war und sie bloß die Zugabe.

– Und dann war er weg, ihr Ein und Alles. –

Am Morgen beim Frühstück hatte Hermann nur über mangelnden Appetit geklagt, am Mittag hatte er hohes Fieber, als am Abend der Rettungshubschrauber auf der Hallig landete, war der bis dahin kerngesunde Neunzehnjährige schon tot.

– Unfassbar. –

Auch heute noch läuft Lena ein kalter Schauer über den Rücken, wenn sie an den Moment denkt, als sie die Nachricht vom Tod ihres Bruders erreichte. Sie war siebzehn, hatte das erste Jahr ihrer Buchhändlerlehre hinter sich und plante ihre Zukunft. Die Vergangenheit beschäftigte sie nicht, ihre Kindheit schien ihr unendlich weit zurückzuliegen und ihre Heimat Gröde, dieser Möwenschiss in der Nordsee, unendlich fern. Und plötzlich rückte alles wieder nah heran. Hermanns Tod brachte ihre Mutter so sehr aus dem Gleichgewicht, dass ihr Vater fürchtete, seine Frau würde sich das Leben nehmen. Da sollte Lena als Ersatz herhalten, die Lücke füllen. Immer wieder setzte ihr Vater sie unter Druck:

Kum trüch! Sonst geiht Mudder in't Woter!

Lena hat sich nicht von ihrer Familie in die Pflicht nehmen lassen. Sie ist nicht zurückgegangen und ihre Mutter ist nicht ins Wasser gegangen.

– Im Gegenteil. –

Ihre Mutter ist aufs Festland zurückgekehrt, nach Bayern, in das Dorf ihrer Kindheit.

– Nicht an sie denken! –

Und auch an Hermann will sie nicht denken. Sein Tod ist jetzt schon so lange her. Aber daran erinnert sie sich fast mehr als an sein Leben, obwohl sie ihre Kindheitsjahre miteinander geteilt haben. Nein, nicht miteinander, er war immer ihr Rivale, ein Rivale, mit dem sie nicht mithalten konnte, denn er war der Ältere und er war ein Junge und besetzte nicht nur fast den ganzen Platz im Herzen ihrer Mutter, sondern zog auch die wenige Aufmerksamkeit auf sich, die der Vater für seine beiden Kinder erübrigte.

– Gehasst hab ich ihn. –

Ihr Hass hat seinen Tod nicht überlebt. Heute denkt sie mit Milde und Mitleid an einen jungen Mann, dessen harmlos im Rachen lebenden Meningokokken sich plötzlich im ganzen Körper ausbreiteten und ihn in kürzester Zeit zerstörten. So erklärten es jedenfalls die Ärzte nach der Obduktion, und dass dieses Schicksal sehr selten sei, zwar lasse sich bei zehn Prozent der Bevölkerung ein Befall des Rachens mit Meningokokken feststellen, aber nur bei einem von hunderttausend entwickele sich daraus eine fast immer tödlich verlaufende Erkrankung. Hermanns Tod hatte seine Erklärung gefunden. Aber die half seiner Mutter nicht, ihn zu verstehen. Er war der Einbruch des Unerklärlichen in ihre festgefügte kleine Welt.

– Nicht an sie denken! –

Der Gedanke an ihre Mutter stößt sie nur noch tiefer in ihre miese Stimmung hinein, das weiß Lena, ebenso wie Gedanken an ihren Vater, ihren Bruder, an verflossene Liebhaber, eingeschlafene Freundschaften, an Ariane als Kind. Sie denkt nicht gern an ihre Vergangenheit.

– Wie als Siebzehnjährige! –

Doch damals überstrahlten die Hoffnungen auf die Verheißungen einer unabsehbaren Zukunft das Unbehagen über die Vergangenheit. Jetzt ist sie eine sechsundsechzigjährige Schriftstellerin, der sich die Schrift querstellt, die seit sechzehn Jahren kein Buch mehr veröffentlicht hat; sie ist eine alte Frau, die an Arthrose und hohem Blutdruck leidet, und für die Zukunft kann sie sich nur Schreckensszenarien ausmalen oder, im mildesten Fall, ein langsames Erlöschen ihrer verbliebenen Lebenskraft. Da ist es immer noch besser, an die Vergangenheit zu denken. Es heißt doch immer, davon könne man zehren im Alter, vom Rückblick auf ein reiches Leben! Ihr Leben ist reich gewesen, reich an Erlebnissen und Erfahrungen, an Beziehungen und Konflikten, reich an Reisen, Ruhm und Geld. Aber was davon kann ihr jetzt noch das Herz wärmen?

– Lothar! –

Damals hat er nicht nur ihr Herz entflammt. Ihr ganzer Körper geriet in seiner Gegenwart in Hitzewallungen. Jedenfalls konnte sie die dann auf seine Gegenwart zurückführen und musste sie nicht als lästige Begleiterscheinungen ihrer Wechseljahre wahrnehmen. Ansonsten machten ihr die keine Probleme, sie wusste gar nicht, warum viele Frauen so einen Zirkus darum machten. Das Ausbleiben ihrer Regel empfand sie als absolut wohltuend. Endlich wurde ihr Leben nicht mehr von einem sinnentleerten biologischen Rhythmus getaktet. Kein prämenstruelles Tief mehr, keine Bauch- und Kopfschmerzen, keine Blutflecken in der Unterwäsche, kein Gehüser mit Tampons. Und nie musste sie Lothar warnen: *Ich hab meine Tage.* Sie hatten alle Tage für ihre Liebe.

– War es Liebe? –

Wie immer, wenn sie an Lothar denkt, kommt diese Frage in ihr hoch. Aber nie weiß sie eine Antwort darauf. Am Anfang war sie einfach fasziniert von diesem Mann, der ein gestandener Chemiker war, und doch so gar nicht ihrem Klischee vom farblosen, langweiligen Wissenschaftsknecht entsprach. Er war locker, geistreich, humorvoll. Und er kannte alle ihre Bücher! Er gab zu, dass seine geschiedene Frau die angeschleppt und er zuerst gedacht hatte *Ach, Frauenliteratur!* Aber dann hatte er sich an einem regnerischen Urlaubstag im Hotel mangels anderer Lektüre ihr Buch *Wer wir waren* vorgenommen und war begeistert gewesen.

„Ich wusste vorher gar nicht, was Suffragetten sind, und das Wort *Blaustrumpf* kannte ich nicht mal als Schimpfwort. Ich hatte keine blasse Ahnung von den vielen Frauen, die, angefeindet und lächerlich gemacht, mutig und unermüdlich für die Gleichberechtigung gekämpft haben. Du hast sie so lebendig geschildert, so mitreißend ..."

Die Erinnerung an Lothars Lobeshymnen reißt Lena mit, hinein in diese Phase ihrer Vergangenheit, in der sie glücklich war.

– Glücklich? –

Sie haut mit der Faust auf ihren Schreibtisch, dass die Stifte wackeln. Ja, sie war glücklich, verdammt noch mal! Sie hat ihren Leserinnen in ihrem Buch *Noch einmal neu anfangen* nichts vorgemacht. Sie war nie in ihrem Leben so voller Energie und Lebenslust gewesen wie um ihren Fünfzigsten herum. Die Dramen der Kindheit waren abgearbeitet, die Verrücktheiten der Jugend durchlebt, das stachelige Kind aus dem Haus, die Seele nachsichtiger geworden, auch mit sich selbst, der Körper geprägt von Lebensspuren, die ihm die Schönheit der Reife und noch nicht das Schreckbild des Verfalls verliehen.

– Und da war Lothar! –

Damals hielt sie ihn nur für eine weitere Zutat zu ihrem Glück, einem Glück, das sie sich hart erkämpft hatte und das ihr also zustand. Am Anfang nahm sie für ihn ein, dass er ihre Bücher bewunderte, das hat sie ihm auch nicht verheimlicht. Sie stand zu ihrer Eitelkeit. Es gab überhaupt keine großen Autoren ohne Eitelkeit.

– Und auch keine Autorinnen. –

Sie hielt sich für eine große Autorin, auch wenn die Altherrenriege der Großkritiker sie geflissentlich übersah und andere sie mit dem Label *Betroffenheitsliteratur* abzuqualifizieren suchten. Sie sei ein abschreckendes Beispiel dafür, dass Frauen gemeinhin Leben mit Literatur verwechselten. Das nagte. Und dagegen halfen auch die Ordner voll überschwänglich lobender Leserinnenpost nicht. Sie sagte sich, dass Männer, die ihre Texte ablehnten, dies nur taten, weil sie es nicht gewohnt waren, die Welt aus der Sicht einer Frau geschildert zu bekommen, während Frauen seit Jahrhunderten Texte aus Männersicht lasen. Sie sagte sich, dass die Ignoranz der Kritiker nur ein weiteres Beispiel für patriarchales Denken auch unter heutigen Männern sei. Und dennoch litt sie unter dieser Nichtachtung und Abwertung.

– Mein Kindheitstrauma. –

Sie war eine der meistgelesenen Autorinnen und fühlte sich oft immer noch wie das nicht beachtete, zweitklassige Mädchen, das nicht darf, was der Bruder darf, nicht bekommt, was der Bruder bekommt, nicht geliebt wird, wie der Bruder geliebt wird.

– Von wegen: die Dramen der Kindheit abgearbeitet! –

Das kann man wohl nie, weiß die sechsundsechzigjährige Lena, aber man kann ihnen den gebührenden Platz zuweisen, ihnen verwehren, das ganze Leben zu verheeren. Auch die fünfzigjährige Lena war sich schon bewusst, dass sie das Lob eines Chemikers, den sie gerade erst kennengelernt hatte, nur deshalb so genoss, weil er einer der wenigen Männer war, der ihre Arbeit zu würdigen wusste.
– Traurig, aber wahr. –
Seine Bewunderung ihrer Bücher genügte ihr eigentlich, doch ihm nicht. Er bat um eine Verabredung und sie hatte nichts dagegen. Er war ein attraktiver Mann, noch keine vierzig, groß, schlank, mit vollem Haar und sorgfältig gehegtem Vier-Tage-Bart, mit etwas kantigen Gesichtszügen, die oft von einem einnehmenden Lächeln weich gezeichnet wurden. Was sprach gegen eine anregende Affäre mit ihm?
– Nichts! –
Warum es dann nicht nur eine weitere Affäre wurde, sondern das, was sie noch heute *die Liebe meines Lebens* nennt, dafür gab es viele gute Gründe, aber keine Erklärung. Zu den guten Gründen zählte Lothars Einfühlsamkeit, seine Gelassenheit und sein Humor. Und dass er Lena, auch als er sie immer besser kennenlernte, als er nicht nur ihre öffentliche Hochglanzseite sah, sondern auch ihre privaten Mucken und Macken zu spüren bekam, dennoch weiterhin bewunderte und begehrte und verwöhnte.
– Du tust mir gut! –
Das hat er oft zu ihr gesagt. Und sie zu ihm. Er begleitete sie zu Lesungen, wann immer seine Zeit es zuließ, sie reisten zusammen und er massierte ihr am Abend die Füße, die sie zu den Sehenswürdigkeiten getragen hatten, sie saßen abends auf der Terrasse ihrer Villa, rauchten schweigend, sprachen unauf-

geregt über Alltägliches und erkannten sich allnächtlich, mal aufgeregt, mal zärtlich. Bald kam ihr jede Stunde ohne Lothar leer und vergeudet vor und sie war überglücklich, als er sich bereiterklärte, zu ihr zu ziehen, obwohl es seinen Weg zur Arbeit an der Hamburger Universität beträchtlich verlängerte. Nur ein halbes Jahr, nachdem Ariane ausgezogen war, lebte ein anderer Mensch in ihrer Villa.

– Und was für ein anderer Mensch! –

Ein Mensch, der sie am Frühstückstisch anstrahlte, und nicht mit verkniffenem „Hallo!" an ihr vorbeiging. Ein Mensch, der hören wollte, wie sie mit ihrer Arbeit vorankam und nicht die Augen zur Decke verdrehte, wenn sie über ihre Bücher sprach. Ein Mensch, der sie bewunderte und nicht verachtete. Ein Mensch, der sie liebte.

– Ja, er hat mich geliebt. –

Lena steht von ihrem Schreibtischstuhl auf und geht langsam die Treppen hinunter in ihr Wohnzimmer. Sie blickt durch die großen Panoramascheiben in ihren verschneiten Garten, aber Ahmed kann sie von hier aus nicht sehen. Auch nicht das Vogelhäuschen. Doch das könnte ihre aufgewühlte Seele jetzt auch nicht beruhigen. Sie wandert ziellos umher, greift nach Gegenständen, ohne wahrzunehmen, wonach sie greift, legt sie wieder hin, wandert weiter.

– Er hat mich geliebt. –

Doch gerade, als sie begann, das nicht nur zu glauben, sondern diese seltsame Gewissheit zu genießen, gerade als sie sich erlaubte, ihre notorischen Zweifel, ob denn irgendein Mensch sie tatsächlich lieben könne, fallen zu lassen, begann das Ende.

– Nein, nein! –

Sie hatte sofort gewusst, dass es der Anfang vom Ende war. Als Lothar mit dem ärztlichen Befund nach Hause kam, dass sein vermeintlicher Raucherhusten ein Lungenkrebs war, der schon Metastasen gebildet hatte, ließ sie alle Hoffnung fahren. Bis in die Nacht hinein redete sie Lothar gut zu, führte ihm vor Augen, er sei ja noch jung, gerade mal zweiundvierzig, da sterbe man doch nicht an Lungenkrebs. Sie werde ihm helfen, mit dem Rauchen aufzuhören, das werde verdammt hart werden bei seinem exzessiven Gequalme, aber das sei machbar, das würden sie beide zusammen schon schaffen. Und außerdem habe die Medizin erstaunliche Fortschritte gemacht in den letzten Jahren und überhaupt, sie würden gleich morgen nach den besten Spezialisten Ausschau halten und dann solle er mal sehen, in ein paar Jahren würden sie an diesen Abend zurückdenken und sagen: *Das war ein Schuss vor den Bug, dass wir gesünder leben sollen. Dafür sollten wir sogar dankbar sein.* Als Lothar irgendwann erschöpft eingeschlafen war, hatte sie sich aus dem Bett gestohlen, sich im Wohnzimmer auf die Couch gelegt und mit maximal erträglicher Lautstärke aus ihren Kopfhörern Jim Morrison die brutale Wahrheit verkünden lassen.

– *This is the end, beautiful friend.* –

Am nächsten Morgen begann der Kampf um Lothars Leben. Sie hörte zusammen mit ihm mit dem Rauchen auf, sie fanden hervorragende Ärzte, er wurde operiert und chemotherapiert, es ging ihm schlecht, es ging ihm wieder besser, er nahm ab, er nahm wieder zu, er hielt sich für verloren, er glaubte an seine Zukunft. Als die Mediziner ihn für austherapiert erklärten, vergaß er seine naturwissenschaftlich geschulte Skepsis und schleppte sich zu Heilpraktikern, einer chinesischen Akupunkteurin und sogar zu einer Geistheilerin. Dann konnte er sich nicht mehr schleppen und Lena richtete ihr großes Wohnzimmer als Krankenzimmer ein, ließ sein Bett so stellen, dass er durch die bodentiefen Fenster in den frühlingsbunten Garten blicken konnte, und stellte eine Pflegerin ein. Durch Vermittlung Helmuts fand sie einen Arzt, der nicht zu denjenigen gehörte, die Krebskranken ausreichende Morphiumgaben wegen bestehender Suchtgefahr verweigerten, und ein Sauerstoffgerät verhinderte Lothars frühzeitiges Ersticken. Lena verbrachte Stunden um Stunden an seinem Bett, Lothar sprach immer weniger. Ein dreiviertel Jahr nach der Diagnose konnten nur noch ihre Blicke sagen, was noch zu sagen war.

– *This is the end.* –

Von Lenas *beautiful friend* war ein krebszerfressener, abgemagerter, nach Luft ringender Körper übrig geblieben, der von seinem Geist endgültig verlassen wurde, während sie in ihrem Arbeitszimmer saß und in ihr Tagebuch schrieb: *Trotz aller Pflege: Lothar stinkt. Es ist kaum zum Aushalten. Jetzt braucht meine Liebe keine bunten Flügel, um sich in romantische Gefilde zu erheben. Jetzt braucht sie Standhaftigkeit. Ich stehe zu ihm, bis zum letzten Atemzug.* Dass Lothar sich diesen letzten Atemzug in ihrer Abwesenheit erkämpfte, mischte Bitterkeit in ihre Verzweiflung über seinen Tod.

– Mein Verrat? Sein Verrat? –

Lena blickt durch die Fenster in ihren Garten und sieht die Tulpen und Osterglocken, die sie in riesigen Mengen als Augenweide für den Todgeweihten hatte anpflanzen lassen. Als flirrendes Spukbild leuchten das Rot und das Gelb über dem in der Sonne glänzenden Schnee.

– Nein! –

Wenn sie doch nur an Lothar denken könnte, ohne an sein Sterben und seinen Tod zu denken! Und ohne an die Zeit nach seinem Tod zu denken. Sie lebte weiter, natürlich lebte

sie weiter, sie gehörte nicht zu diesen Frauen, für die ein Leben ohne ihren Mann keinen Wert hatte! Sie las Bücher über Trauerarbeit, doch die meisten spekulierten auf ein wie auch immer geartetes Jenseits, und dieser billige Trost half ihr kein bisschen. Wer oder was konnte sie trösten? Ariane? Die war noch nicht einmal zu Lothars Beerdigung gekommen, hatte nur eine Karte geschickt *Mit aufrichtiger Anteilnahme.*
– Der reine Hohn! –
Ingrid und Helmut dagegen waren nicht nur zur Beerdigung gekommen, sondern Ingrid hatte sie in den ersten Wochen nach Lothars Tod oft besucht, hatte sie in den Arm genommen und tröstende Worte von sich gegeben. Seltsamerweise fühlte Lena sich von ihren Bemühungen eher gestört, sie konnte in den Armen ihrer Freundin nicht weinen, wie die es wahrscheinlich von ihr erwartete, sie war unfähig zu irgendeiner Gefühläußerung, wollte am liebsten einfach nur mechanisch ihren Alltag bewältigen und ansonsten ins Leere starren. Als nur fünf Wochen nach Lothars Tod Helmut aus scheinbarer Gesundheit heraus an einem Herzinfarkt starb, verharrte sie in ihrer Erstarrung und konnte für ihren treuen Freund so vieler Jahre keine Trauer empfinden.
– Nicht an Helmut denken! –
Sie konnte Ingrid nicht trösten. Ingrid konnte sie nicht trösten. Lena blieb allein in ihrer Villa und versuchte zu begreifen, was geschehen war. Was Lothar geschehen war. Was Helmut geschehen war. Was Ingrid geschehen war. Was ihr geschehen war.
– Schreiben! –
Das hatte ihr bisher immer geholfen. Schreibend hatte sie aus ihrem Leben eine erzählbare Geschichte gemacht. Und erzählbar hieß verstehbar.

– Vielleicht. –
Sie versuchte es. Sie wollte Lothar ein literarisches Denkmal setzen. Ihrer Liebe ein Denkmal setzen. Sie schrieb wie besessen. Sie plünderte ihre Tagebücher, suchte anschauliche Sprachbilder, anspruchsvolle Formulierungen für ihre dort krude und unzensiert notierten Gefühle und Gedanken. Sie schrieb und schrieb, gestaltete auf gut dreihundert Seiten aus ihrem Erleben der vergangenen fünfeinhalb Jahre die Geschichte von *Lara und Ludger*. Sie sah das Buch mit diesem schlichten Titel schon vor sich, wusste, es würde ein Bestseller werden, vielleicht sogar den Erfolg all ihrer bisherigen Bücher übertreffen. Sie sah die Werbestrategie des Verlages voraus, die mit den Adjektiven *bewegend, berührend, erschütternd* arbeiten würde, las die Rezensionen, die diesmal auch in den Feuilletons der *Qualitätsmedien* erscheinen würden und in denen von der *durch Authentizität beglaubigten Radikalität der Verstofflichung des uralten literarischen Sujets von Liebe und Tod* gefaselt werden würde, hörte die Mitleid heuchelnden Interviewfragen des Boulevard nach *der wahren Geschichte hinter dieser wahrhaft tragischen Lovestory.*
– Das nicht! –
Das würde sie nicht ertragen, das war ihr klar. Vielleicht sollte sie das Buch unter Pseudonym veröffentlichen? Dann würde sie keine lästigen Fragen beantworten müssen, keine Angst haben müssen, bei Lesungen in Tränen auszubrechen und sich nicht von Ariane vorwerfen lassen müssen, aus ihrem Leid Kapital zu schlagen. Denn der Vorwurf würde kommen, auch das wusste Lena.
– Zu Recht? –
Diese Frage musste sie nie beantworten, denn der Vorwurf ist nicht erhoben worden. Das Buch ist nie erschienen. Nicht

unter Pseudonym und auch nicht als Fortsetzung der Lara-Romane. Beim zweiten Lesen ihres Manuskripts fand Lena es vollkommen ungenügend, banal, manieriert, unglaubwürdig, effekthascherisch, oberflächlich. Sie hatte Abläufe beschrieben. Sie hatte Gefühle beschrieben. Aber was hatte sie eigentlich Neues zu sagen zum Thema Liebe und zum Thema Tod? Sie hatte über Trauer geschrieben, erkannte sie ernüchtert, um nicht trauern zu müssen. Sie hatte über Liebe geschrieben, ohne zu ahnen, was das war. Sie hatte etwas über den Tod verfasst, obwohl sie ihm fassungslos gegenüberstand.

– Komplett gescheitert! –

Lena sitzt auf ihrem Sofa und schaut in Lothars Augen. Lothars Augen sind auf die Augen der achtundvierzigjährigen Lena gerichtet, um die er seinen Arm gelegt hat. Das Foto hat Ingrid von ihnen gemacht, sie stehen im Sonnenlicht vor den dunklen Fichten des Sachsenwaldes, lächelnd, verliebt, voller Erwartung in die Zukunft. Lena hat es drei Jahre nach Lothars Tod vergrößern lassen und an die Wand gehängt. Sie hat es immer wieder angeschaut und manchmal hat es ihr etwas gesagt, das sie in Schrift verwandeln konnte. Denn sie kämpfte immer noch um ihr Manuskript, schrieb immer neue Fassungen, versuchte, ihrer Erfahrung eine Form zu geben, mit der wenigstens sie selbst zufrieden war. Sie ließ sich nicht von ihrer Lektorin unter Druck setzen, der sie unvorsichtigerweise eine Fassung zu lesen gegeben hatte, als sie kurzzeitig glaubte, sie hätte es geschafft, und die ganz begeistert davon war und es unbedingt möglichst schnell veröffentlichen wollte. Da arbeitete sie schon wieder an einer neuen Fassung, suchte nach einer ehrlicheren Perspektive, treffenderen Worten, suchte nach dem, was über den Plot *Frau verliebt sich in Mann, der bald darauf stirbt* hinausging, nein, was tiefer gründete, an Höheres anklang ...

– Weiß der Teufel! –

Ihre Lektorin sprach vom *writers block*, der berühmt berüchtigten Schreibblockade, das passiere auch anderen Autorinnen und Autoren, und sie ermunterte Lena, eine Reise zu machen, Abstand zu gewinnen, um dann mit frischer Kraft wieder ans Werk zu gehen. Lena wies den Vorschlag vehement zurück. Sie litt an keiner Schreibblockade, im Gegenteil, mit ihrem Füller füllte sie Seite um Seite. Nur wenn sie dann später las, was sie geschrieben hatte, war sie nie damit zufrieden und fing wieder von vorn an.

– Idiotin! –

Sie schrieb auch noch weiter, als die Reihe *Frauen im Aufbruch* eingestellt wurde, ihre Lektorin in Rente gegangen war und der junge Nachfolger viel mehr Interesse an den Beziehungsproblemen von *young urban professionals* im *sexy Berlin* hatte als an der Liebesgeschichte einer alternden Feministin. Ihr war es egal, ob ihr Manuskript jemals veröffentlicht werden würde, sie wollte nur unbedingt damit zurande kommen. Und eine Zeitlang glaubte sie, sie könnte es schaffen. Als Ariane promovierte, war sie gerade in einem regelrechten Schreibrausch, verlor in kurzer Zeit acht Kilo, weil sie sich kaum die Zeit zum Essen nahm, sagte alle Termine ab, fuhr auch nicht nach München, als Ariane sie zur *Feier der Verleihung der Doktorwürde* einlud. Die Einladung war sowieso nur halbherzig und einer vermeintlichen Pflicht geschuldet, das spürte sie am Telefon. Sie scherzte kurz über *den Muff von tausend Jahren unter den Talaren* und erklärte ihrer Tochter, dass sie sich mitten in einem Schreibprozess befinde, den sie nicht unterbrechen dürfe, wenn sie nicht Gefahr laufen wolle, dass er ganz zum Erliegen komme.

„Das hab ich mir gedacht."

Lena hörte aus Arianes Antwort, dass ihre Tochter den Grund für ihre Absage für vorgeschoben hielt und sich womöglich gekränkt fühlte, aber das war natürlich unsinnig, denn sie wäre selbstverständlich nach München gefahren, auch wenn ihr vor diesen steifen akademischen Feiern grauste, nur nicht gerade jetzt! Endlich war sie auf dem richtigen Weg, endlich gelang es ihr, so zu schreiben, dass es ihr auch beim zweiten Lesen noch gefiel!

– Aber nicht beim dritten. –

Der Schreibrausch endete wie jeder Rausch mit einem Kater, aber anders als nach einem Alkoholrausch reichten ein auf dem Sofa verbrachter Tag und ein paar Aspirin nicht aus, um ihn abklingen zu lassen. Sie vernichtete alles, was sie geschrieben hatte, verbrachte viele Tage auf dem Sofa, schluckte Antidepressiva und schaffte es erst nach einem halben Jahr, sich wieder an den Schreibtisch zu setzen, um einen neuen Versuch zu wagen. Und jetzt wollte sie noch mehr als zuvor. Sie wollte nicht mehr nur über ihrer Liebe zu Lothar schreiben, nein, ihr schwebte eine Neuinterpretation ihres gesamten Lebens vor. Alle ihre bisherigen Bücher gaben ja ein völlig schiefes Bild von ihrem Leben ab, so wollte sie sich nicht mehr sehen, sie kannte sich jetzt besser, hatte den Mut, Verschwiegenes offenzulegen und schon Beschriebenes neu zu werten.

– Wen interessiert das? –

Manchmal fragte sie sich das und dann dachte sie nicht an die vielen Leserinnen ihrer früheren Bücher, sondern an Ariane. Vielleicht schrieb sie das alles nur, damit Ariane sie irgendwann einmal besser verstehen würde? Sie malte sich aus, dass ihre Tochter nach ihrem Tod dieses Manuskript finden, lesen und erschüttert erkennen würde, ihre Mutter völlig verkannt zu haben.

– *Do luer man op!* –

Plötzlich fiel ihr dieser Lieblingsspruch ihres Vaters ein, dieses Niederbügeln jedweder Hoffnung, das sich in seiner hochdeutschen Entsprechung *Da kannst du lange drauf warten* längst nicht so fatalistisch anhörte. So fatal. Jedenfalls in ihren Ohren, denn die hörten dazu die Stimme ihres Vaters.

– Gespensterstimme! –

Nein, auch die Hoffnung, dass ihr wenigstens posthum von ihrer Tochter Gerechtigkeit widerfahren werde, hat sie längst begraben. Sie lauert auf nichts mehr, erhofft sich nichts mehr. Ihre Erfolge, ihr Ruhm liegen in der Vergangenheit, die Menschen, die ihr etwas bedeutet haben, in ihren Gräbern und ihre Tochter will von ihr nichts wissen. Sie ist nichts als eine alte, kranke, einsame Frau.

– Rien ne va plus. –

Lena steht auf und geht zurück in ihr Arbeitszimmer. Sie steht neben ihrem Schreibtisch und blickt auf das bis zur Mitte eng mit ihrer leicht nach rechts kippenden Handschrift beschriebene Blatt, voller Streichungen, Ersetzungen, an den Rand gekritzelten Kürzeln, die nur sie versteht. Es liegt seit über einem Jahr auf ihrem Schreibtisch. Seit über einem Jahr sitzt sie dort nur noch, um aus dem Fenster zu starren, die Vögel zu beobachten oder Ahmed bei der Arbeit zuzuschauen.

– Schluss! Aus! –

Lena zerknüllt das Blatt und wirft es in den Papierkorb. Sie dreht die Kappe von ihrem Füllfederhalter ab und schreibt auf einem neuen Blatt:

*Liebe Ariane,
ich bin dann mal weg.*
Lena

Sie steckt den Brief in einen Umschlag, schreibt groß *Für Ariane* darauf und lässt ihn auf dem Schreibtisch liegen. Dann klopft sie an die Scheibe und winkt Ahmed zu sich. Sie erklärt ihm, der sie immer verwunderter anschaut, sie werde schon morgen für längere Zeit verreisen, sie bitte ihn, sich während ihrer Abwesenheit um das Haus zu kümmern, sie werde ihm dafür regelmäßig einen ausreichenden Lohn überweisen. Wenn Reparaturen fällig würden oder bei irgendwelchen Notfällen, könne er sie unter ihrer Mail-Adresse erreichen.

„Und wohin fährst du?"

„Wohin der Wind mich weht."

Ahmed schüttelt den Kopf.

„Das versteh ich nicht. So plötzlich? Ist irgendwas nicht in Ordnung, Lena?"

„Alles ist in bester Ordnung. Ich muss nur mal raus hier. Andere Tapeten und so weiter. Ach, und noch was."

Lena räuspert sich, weist mit der Hand auf ihren Schreibtisch:

„Dort liegt ein Brief für meine Tochter. Falls sie mal hier vorbeikommen sollte."

„Warum schickst du ihr den nicht?"

„Ach, das eilt nicht. Sie wird mich so schnell nicht vermissen."

„Soll ich ihn ihr ..."

„Auf keinen Fall, hörst du! Wenn sie hier auftaucht, wird sie ihn finden. Wenn nicht, ist auch gut."

„Tut mir leid, ich will mich ja nicht in deine Angelegenheiten einmischen, aber das kannst du doch so nicht machen! Ich meine ... du als Mutter ... ich find das total verrückt."
Lena lacht.
– Tapferer Ahmed! –
Er kämpft für seine überholten Vorstellungen von der Rolle einer Mutter. Sie ist frei von jeder Rolle. Sie ist frei. So frei, dass sie nichts zu verlieren hat.
– Nur mein Leben. –

X

Ariane sitzt auf dem Sofa, hat die Beine hochgelegt und liest hochkonzentriert das vorletzte Kapitel, das Nommen für sein Buch über *das Gute im Menschen* fertiggestellt hat. Mit einem Bleistift markiert sie Rechtschreib- und Zeichensetzungsfehler, malt Schlangenlinien neben Absätze, die unklare Formulierungen enthalten, und Fragezeichen neben Aussagen, über die sie noch einmal diskutieren müssen. Wenn aus der Küche gelegentlich das Geklapper von Geschirr dringt, überzieht ein Lächeln ihr Gesicht.

– Russische Zupftorte! –

In der Herstellung dieses Backwerks sei er Meister, hat Nommen behauptet und will ihr das Beweisstück für seine Behauptung bei ihrem *four-o'clock-coffee* zur strengen Begutachtung vorlegen. Doch noch begutachtet sie sein Werk vieler Stunden, das er in dem zum Arbeitszimmer umgestalteten Kabuff erstellt hat. Das Kinderzimmer ist fertig renoviert, aber noch nicht eingerichtet. Das Wohnzimmer, in dem Ariane sitzt und korrigiert, hat sich kaum verändert, seit es nicht mehr Nommens Wohnzimmer, sondern ihr gemeinsames ist. Vor eins der beiden Fenster hat Ariane einen schmalen Schreibtisch gestellt, auf dem ihr Notebook liegt, und an der Wand hängt jetzt ein großes Foto von Hugin und Munin neben einem alten Schwarz-Weiß Foto, auf dem Nommens Großvater Johannes Nommensen stolz auf dem Achterdeck seines Krabbenkutters *Wittsand* steht.

Ariane lässt Nommens Manuskript auf ihren Schoß sinken und wirft einen sehnsüchtigen Blick auf das Foto der beiden Vögel.

– Meine Glücksraben! –

Der Abschied von Grünau und von ihren *brainy birds* ist ihr verdammt schwergefallen, aber ihr Einstieg am Hamburger *Institut für evolutionäre Anthropologie* ist ausgesprochen gut verlaufen, die Kollegen sind freundlich und der Institutsleiter hat sich keinerlei dumme Bemerkung gestattet, als sie ihm von ihrer Schwangerschaft erzählte. Auch ist es nach dem endlos scheinenden strengen Winter endlich Frühling geworden, ihre morgendliche Übelkeit ist abgeklungen und ihr Liebesleben mit Nommen erreicht immer neue Höhepunkte.

– Everything is wonderful. –

Doch heute Morgen beim ausgiebigen Sonntagsfrühstück hat der Blick auf den Kalender ihre euphorische Grundstimmung ein wenig getrübt.

– Onkel Helmuts Todestag. –

Die letzten zehn Jahre hat sie so an den Tag gedacht, an dem Dr. Helmut Schaulandt plötzlich aus dem Leben gerissen worden ist. Aus seinem Leben, aus Tante Ingrids Leben, aber auch aus ihrem Leben. Jedes Jahr hat sie sich wieder an die Fassungslosigkeit erinnert, mit der sie vor seinem Sarg in der großen, bis zum letzten Platz gefüllten Kapelle stand. Und wie hilflos sie sich fühlte, als sie auf der vordersten Bank rechts neben Tante Ingrid saß und Lena links von ihr. Wenn Tante Ingrid in Tränen ausgebrochen wäre, hätte sie den Arm um sie legen und sie trösten können, aber Ingrid saß steif wie ein Roboter da und wehrte auch nach der offiziellen Trauerfeier jeden Versuch ab, sich ihr zu nähern, sie floh geradezu nach Hause und wollte von niemandem begleitet werden. Ariane blickte ihre Mutter Rat suchend an, sie war schließlich Ingrids engste Freundin seit Urzeiten, sie musste doch wissen, wie ihr zu helfen war, doch die wirkte auf Ariane selbst wie versteinert und sagte nur:

„Da muss Ingrid durch."

In dem Moment entschied sich Ariane, nicht bei ihrer Mutter zu übernachten, bevor sie am nächsten Morgen nach München zurückfahren würde, sondern sich ein Hotelzimmer zu suchen. Sie fand Lenas Verhalten Ingrid gegenüber herzlos und zynisch, auch wenn sie ihrer Mutter zugutehielt, dass sie von Lothars Tod vor wenigen Wochen wohl selbst noch ziemlich mitgenommen war. Zu Arianes Verwunderung hatte Lena ihren Lover nicht sang- und klanglos verabschiedet, nachdem sie von seiner Krebserkrankung erfahren hatte. Sie hat ihn sogar bis zu seinem Ende in ihrer Villa pflegen lassen. Ein Ende, das absehbar schnell gekommen war. Und so hatte sie sich wieder einen wunderbaren Stoff für ihr nächstes Buch verschafft! Laras treusorgende Liebe bis in den Tod! Ein gefundenes Fressen für ihre Fangemeinde, ein programmierter neuer Bestseller. Den es dann aber nicht gegeben hat.

– Warum eigentlich nicht? –

In den ersten Jahren nach Lothars Tod hat Ariane ihre Mutter gelegentlich gefragt, wann denn ihr neues Buch erscheine, und war immer mit der Antwort abgespeist worden, sie arbeite noch daran. Später hat sie nicht mehr gefragt. Wenn das Buch erschiene, würde sie schon die übliche Triumphmeldung von Lena erhalten. Schließlich dachte sie nicht mehr daran, wie sie auch sonst möglichst selten an ihre Mutter dachte. Die hockte in ihrer Villa in Dassendorf, und wenn Ariane sie am Telefon fragte, wie es ihr gehe, antwortete sie, es gehe ihr gut, und wenn Ariane sie fragte, was sie so mache, antwortete sie,

sie schreibe, und wenn Ariane sie fragte, was, antwortete sie, das interessiere sie doch nicht wirklich, und Ariane sagte: „Stimmt."

– Heute ist der 11. Todestag meines Vaters. –

Plötzlich durchzuckt sie dieser Gedanke. Nicht Onkel Helmuts Todestag. Der Todestag ihres Vaters. Bei seiner Beerdigung hat sie um Onkel Helmut getrauert, der wie ein Vater zu ihr war. Jetzt trauert sie um ihren Vater, der sich hinter der Maske des Patenonkels versteckt hat. Aus der reinen, unverfälschten Trauer ist eine bittere geworden, eine Trauer voll nicht mehr auszusprechender Vorwürfe. Auch ihm war etwas anderes wichtiger als seine Tochter: das Seelenheil seiner Frau.

– But my soul cracked. –

Cracked? Ariane wundert sich, warum ihr gerade dieses Wort eingefallen ist, doch dann findet sie es gar nicht so unzutreffend. Ihre Seele ist überzogen mit Craquelés, diesen feinen Rissen auf alten Gemälden. Dieses Bild von ihrer Seele als Bild gefällt ihr. Von einem spröden Bild, dessen Oberfläche durch die Prozesse in den darunterliegenden Schichten langsam aufplatzt.

– Reif für die Couch? –

Nein, sie wird sich mit Sicherheit nicht bei irgendeinem Psychotherapeuten auf das berüchtigte Möbel legen, um über die Verletzungen zu reden, die ihrer Seele in der Kindheit zugefügt wurden. Sie hat nichts verdrängt. Sie weiß, was ihr angetan wurde. Oder vielmehr: nicht angetan wurde. Sie wurde nicht gebraucht. Von niemandem. Manchmal wünscht sie sich, sie könnte von einem Missbrauch erzählen. Das wäre immerhin eine Form des Gebrauchtwerdens.

– Abartiger Gedanke! –

Arianes innere Zensurbehörde untersagt ihr, sich weiter in solche Vergleiche zu versteigen. Jeder hält sein Unglück für das Urunglück. Ariane weiß um die Leerstelle in ihrem Inneren, aber sie wird ihr nicht erlauben, all das, was sich um die Leere herum im Lauf ihres Lebens angereichert hat, zu vernichten. Und sie wird dafür sorgen, dass im Inneren ihres Kindes nicht Leere, sondern Überfülle herrscht: von Liebe, Urvertrauen, Selbstgewissheit.

Ariane legt Nommens Manuskript auf den Tisch und streichelt versonnen ihr Bäuchlein. Darin rumort es ganz schön. Hat sie gestern zu viele Zwiebeln gegessen? Nein, das fühlt sich irgendwie anders an. Das ist eher ein Pochen.

– Ein Pochen? –

„Nommen!"

Ariane schreit auf und rennt in die Küche. Dort ruft sie dem Mann mit der Schürze und den teigverschmierten Händen entgegen:

„Es hat sich gemeldet!"

Nommen schaut sie verständnislos an.

„Es hat gegen meine Bauchdecke gepocht!"

Jetzt versteht er und grinst:

„Wahnsinn!"

„Schnell, wasch dir die Hände, dann kannst du mal fühlen!"

Kurz darauf liegt Ariane auf dem Sofa und Nommen kniet davor mit den Händen auf ihrem entblößten Bauch.

„Komisch, jetzt tut sich nichts mehr."

Nommen plädiert für Geduld und die brauchen sie auch. Erst nach einer Viertelstunde ruft Ariane aus:

„Da! Jetzt! Fühlst du's?"

„Ich weiß nicht recht. Nein, eigentlich nicht."

Er legt den Kopf auf Arianes Bauch.

„Da! Ganz deutlich. Das musst du doch fühlen!"
„Hmmh. Ich höre nur deinen Darm gluckern."
„Nein! So ein Pochen!"
Nommen legt abwechselnd seinen Kopf und seine Hände auf Arianes Bauch und sagt nach fünf Minuten:
„Ja, jetzt pocht da was. Ganz leise, aber deutlich."
Ariane setzt sich auf, zieht ihr Hemd und ihren Pulli wieder über ihren Bauch und sieht Nommen mit Tränen in den Augen an:
„Jetzt hab ich aber gar nichts mehr gespürt."
Nommen senkt beschämt den Kopf, und als er ihn wieder hebt, sieht er aus wie ein ertappter Schuljunge.
„Tut mir leid! Ich ... ich wollte dich nicht enttäuschen und deshalb ..."
„Bitte, Nommen, lüg mich nicht an! Auch nicht mir zuliebe."
„Du hast Recht. Das war richtig blöd von mir."
Nommen setzt sich neben sie und nimmt sie in den Arm und wischt ihr die Tränen ab. Als sie ihn wieder anlächelt, verkündet er feierlich:
„Eine Beziehung muss auf Ehrlichkeit gründen, sonst ist sie auf Sand gebaut. Daran wollen wir uns in Zukunft halten!"
Ariane nickt und fragt Nommen, ob er nicht mal nach der Torte im Backofen gucken müsse.
„Oh Gott!"
Nommen stürmt aus dem Wohnzimmer und lässt eine verstörte Ariane zurück. Was war nur mit ihr los? Sie hat doch sonst nicht so nah am Wasser gebaut?
– Die Hormone! –
Nein, diese billige Erklärung lässt sie sich nicht durchgehen. Sie hasst es, belogen zu werden. Und dann auch noch von

Nommen! Er hat vollkommen Recht: Ihre Beziehung muss auf Ehrlichkeit gründen.
– Das tut sie nicht! –
Sie selbst ist es doch, die Nommen völlig unnötigerweise angelogen hat! Die ihm die Existenz ihrer Mutter verschwiegen hat. Was immer neues Lügen und Verschweigen nach sich zieht. Sie kann ihm nicht erzählen, dass ihr Vater doch kein Unbekannter war und wie ihr das zu schaffen macht. Sie kann sich nicht bei ihm ausweinen über Lenas unmögliche Art, ihr das mitzuteilen. Einen ganzen Raum ihrer Seele hat sie vor ihm abgeschottet, weil sie nicht wollte, dass er die darin herumliegenden Trümmer sieht.
– Das geht so nicht weiter! –
Sie wird Mutter. Sie muss endlich handeln wie ein erwachsener Mensch! Sie kann doch nicht ihrem Kind die Existenz seiner Großmutter vorenthalten. Da wäre sie ja fast so schlimm wie Lena, die ihr ihren Vater vorenthalten hat. Die hat's wenigstens noch aus Rücksicht auf ihre Freundin Ingrid getan, aber aus welcher Rücksicht würde sie handeln? Aus Rücksicht auf sich selbst. Um Nommen nicht ihre Lüge beichten zu müssen. Ihre überflüssige, schwachsinnige Lüge aus der Laune eines Moments heraus.
– Feigling! –
Aber wie kann sie ihm das begreiflich machen? Und wenn ihr Geständnis sein Vertrauen zu ihr erschüttert? Ihn sie mit ganz anderen Augen sehen lässt? Wenn er bedauert, mit einer so unwürdigen Lügnerin ein Kind gezeugt zu haben?
– Das ertrag ich nicht! –
Am Nachmittag serviert Nommen zum handaufgebrühten Filterkaffee die Russische Zupftorte und versichert, sie habe nur einen Tick zu viel Hitze abbekommen, was ihr aber nicht

geschadet haben dürfte. Ariane bestätigt ehrlichen Herzens den Wohlgeschmack der Torte, hat aber trotzdem keinen Appetit auf ein zweites Stück.

– Ich kann's ihm nicht sagen. –

Sie trinkt eine Tasse Kaffee und wird plötzlich überwältigt von einem Zorn auf ihre Mutter, wie sie ihn seit Jahren nicht mehr verspürt hat. Gefolgt von dem unbändigen Wunsch, Lena möge sterben. Am besten heute noch! Dann würde ihre Lüge von der toten Mutter Wirklichkeit werden, keine Lena mehr, kein Problem mehr. Dann müsste sie nur noch diskret für ihre Beerdigung sorgen, die Medien dürften es nicht erfahren, sonst würde es Nachrufe auf die vom Literaturbetrieb längst Vergessene geben und die Gefahr, dass Nommen über ihren Namen stolpert ...

– Was male ich mir da aus? –

Ariane erschrickt über ihre Phantasie, über ihren Zorn, über ihre Erbarmungslosigkeit. Sie wünscht ihrer Mutter den Tod, nur um sich vor einer längst überfälligen Beichte zu drücken?

„Ich bin ein Monster."

„Was hast du gesagt?"

„Ich bin ein Monster."

Zwei Stunden später weiß Nommen, dass sein Kind zwei Großmütter haben wird, er kennt die ganze Geschichte von Lena und Ariane, so, wie sie sich Ariane darstellt, und er versichert ihr ein ums andere Mal, dass sie kein Monster sei. Ja, er lacht sogar über Arianes zaghafte Frage, ob ihn bei der Vorstellung einer Lügnerin als Mutter seines Kindes nicht grause. Er erklärt, er könne Arianes Verleugnung ihrer Mutter sehr gut nachvollziehen, wo diese ihre Tochter in deren Kindheit doch so schmählich vernachlässigt habe. Arianes Motive seien also verständlich, psychologisch gesehen sogar fast zwingend und auf keinen Fall monströs.

– Das tut verdammt gut! –

Ariane ist so erleichtert, dass sie prompt Appetit auf ein zweites Stück Torte bekommt. Und auf ein drittes. Sie muss ja noch jemanden mitversorgen. Jetzt kann sie lachen über ihre Angst, die sich in ihr aufgetürmt hatte, die Angst, Nommen könne ihr den Vertrauensbruch vielleicht nicht verzeihen. Gleich darauf kann sie sogar schon wieder von ihrer privaten Situation abstrahieren und allgemeine Überlegungen anstellen:

„Tricksen und täuschen, das können meine Raben auch. Aber verzeihen? Vielleicht ist Verzeihenkönnen das eigentlich Menschliche!"

Es gebe nichts zu verzeihen, versichert Nommen erneut, jedenfalls habe er ihr nichts zu verzeihen, im Gegenteil, für ihn sei sie eindeutig ein Opfer, das Opfer einer Monstermutter, einer egoistischen, hartherzigen ...

Ariane hört aus Nommens Mund das Echo ihrer Darstellung Lenas und ist verstimmt.

„So schlimm war meine Mutter nun auch wieder nicht!"

– Nanu? –

Verwirrt konstatiert sie, dass sie das Bedürfnis empfindet, Lena zu verteidigen. Was sie selbst bisher in ihrem geheimsten Kämmerchen gedacht hat, hört sich, von Nommen ausgesprochen, falsch an.

– Jedenfalls nicht ganz richtig. –

Plötzlich spürt sie in sich die Kraft, die Perspektive des Kindes zu verlassen, ihre Rolle als Opfer Lenas zu relativieren, eine Kraft, die sie nie zuvor gespürt hat.

– Wieso jetzt? –

Natürlich jetzt, analysiert sie, weil sie jetzt weiß, dass es einen Menschen gibt, der uneingeschränkt Ja zu ihr sagt.

– Nommens unerschütterliche Liebe. –

Und diese Kraft wird sie nutzen! Sie wird ihren Schmollwinkel des abgelehnten Kindes verlassen. Sie wird sich endlich auf eine erwachsene Art mit Lena auseinandersetzen. Und sie wird ihr die Chance geben, sich als Großmutter zu bewähren.

„Ich werde Lena besuchen und dann werde ich reinen Tisch machen. Die Vergangenheit darf uns nicht die Zukunft versauen. Vor allem nicht die Zukunft des Pochers hier drin."

Ariane entblößt wieder ihren Bauch und zieht Nommen zu sich. Er hat kaum seinen Kopf auf die kleine Halbkugel gelegt, als er sich schon wieder aufrichtet und verkündet, jetzt habe er das Pochen gespürt, wirklich und wahrhaftig! Er strahlt ihren Bauch an und verspricht seinem Bewohner:

„We stay in contact!"

Gleich am nächsten Morgen ruft Ariane bei ihrer Mutter an, um ihren Besuch anzukündigen, doch es meldet sich nicht einmal der Anrufbeantworter. Sie versucht es immer wieder, auch an den nächsten Tagen, doch nie nimmt jemand ab.

– Wo kann sie stecken? –

Vielleicht macht sie einen Kurzurlaub, überlegt Ariane. Aber in den letzten Jahren hat sie ihre Villa doch kaum noch verlassen. Von Reisen hat sie jedenfalls nie etwas erzählt. Ist sie erkrankt? Liegt vielleicht sogar im Krankenhaus? Aber dann hätte sie sich doch bei ihr gemeldet.

– Hätte sie das wirklich? –

Nach weiteren vergeblichen Versuchen am Telefon schickt Ariane Lena eine Mail mit der Bitte, sich zu melden.

– Wenig aussichtsreich. –

Lena hat ihr zwar vor Jahren mitgeteilt, ihr Gärtner habe ihr einen Internetanschluss eingerichtet und sie sei jetzt unter der E-Mail Adresse lena.löpersen@gmx.net zu erreichen, aber mit der Erreichbarkeit war es nicht allzu weit her, da sie nur alle paar Wochen mal in ihre Mailbox schaute. Da werde sie sowieso immer nur gefragt, ob sie ihren Penis verlängern lassen, mit Viagra ihre Potenz steigern oder einem unbekannten Nigerianer 1 Million Dollar überweisen wolle. Wer von ihr etwas wolle, der schreibe ihr einen Brief oder rufe sie an. Sie wisse gar nicht, wozu diese E-Mails eigentlich gut sein sollen und habe sich so einen elektronischen Briefkasten nur zugelegt, weil Ahmed ihr so zugesetzt habe. Ohne Internet sei man heute quasi nicht mehr in der Welt. Lächerlich, aber sie habe ihn machen lassen, weil es ihm offenbar Spaß machte.

– Ahmed. Richtig, so heißt ihr Gärtner. –

Aber seinen Nachnamen kennt Ariane genauso wenig wie seine Adresse oder Telefonnummer. Es hilft nichts, entscheidet sie nach einer weiteren Woche, sie wird nach Dassendorf fahren müssen, um zu erfahren, was los ist.

Das Haus ihrer Kindheit wirkt unverändert, als sie es von ihrem auf der Auffahrt geparkten Wagen aus betrachtet, und der Garten blüht in frühlingshafter Pracht. Trotzdem kommt es ihr wie ein Geisterhaus vor.

– Einbildung! –

Das ist nur ihre Phantasie, die das unschuldige Haus mit den bösen Geistern der Vergangenheit belebt, ruft sie sich zur Ordnung. Sie hält nach Bewegungen hinter den Fenstern Ausschau, doch da bewegt sich nichts. Schließlich steigt sie aus ihrem Wagen, geht zur Haustür und klingelt. Einmal. Zweimal. Dreimal. Nichts.

– Und nun? –

Ihren Schlüssel zu dem Haus, in dem sie sich so unbehaust fühlte, hat sie ihrer Mutter bei ihrem Auszug vor sechzehn Jahren auf das Telefontischchen im Flur geknallt. Aber sie erinnert sich, dass Lena, aus Angst, sich irgendwann mal selbst auszuschließen, einen Ersatzschlüssel in einer hohlen Amazonen-Statue im Garten versteckt hat.

– Ganz schön leichtsinnig. –

Bei dem einzigen Einbruch in Lenas Villa sind die Übeltäter jedoch durchs Kellerfenster eingedrungen und haben gleich wieder die Flucht ergriffen, weil Lothar kurz nach ihrem Einstieg vom Einkaufen zurückkam. So hat Lena es damals erzählt, die gar nicht begreifen konnte, warum ausgerechnet bei ihr eingebrochen wurde, obwohl sie sich doch eher hätte wundern müssen, dass in ihrer abgelegen am Waldrand liegenden Villa nicht schon viel öfter eingebrochen worden war. Vom Einbau irgendwelcher Alarmanlagen, Bewegungsmelder oder anderer Sicherheitsvorrichtungen wollte sie auch nach dem Einbruch nichts wissen.

– Fand sie wohl spießig. –

Sie tat so, als hause sie immer noch in einer mit Möbeln vom Sperrmüll ausgestatteten WG und nicht in einer mit ausgesuchten Antiquitäten möblierten Villa. Wahrscheinlich fühlte sie sich auch weiterhin als revolutionäre Feministin, obwohl sie längst eine wohlsituierte Autorin von Mainstream-Unterhaltungsromanen geworden war, vermutet Ariane und fragt sich, ob Lena inzwischen den Ersatzschlüssel aus der Statue sicherheitshalber entfernt hat.

– Just look and see! –

Jedenfalls steht die Statue noch an ihrem alten Platz, stellt Ariane fest, als sie in den seitlichen Teil des Gartens geht. Und hinten an ihrem Sockel ist die halbrunde Aussparung erkennbar, durch die Ariane jetzt ihr rechte Hand steckt, sie nach links bewegt und tatsächlich den an einem Nagel hängenden Schlüssel ertastet. Als sie ihn hervorholt, hält sie einen mit Grünspan überzogenen Schlüssel in der Hand, der aber, ins Schloss gesteckt, problemlos seine Funktion erfüllt und Ariane ins Haus ihrer Mutter eintreten lässt. Auf dem Tischchen, auf dem früher das Telefon stand, liegen zwei Stapel mit Post, offenbar sortiert nach Werbung und richtigen Briefen, wie sie nach kurzem Durchblättern feststellt.

– Jemand holt ihre Post aus dem Briefkasten. –

Langsam geht sie weiter ins Haus hinein, schaut in jeden Raum im Erdgeschoss, geht die Treppe hoch und steht in einem ihrer beiden ehemaligen Kinderzimmer, das jetzt Lenas Arbeitszimmer ist. Nichts erinnert mehr an *Arianes Reich* außer dem Blick aus dem Fenster, wie sie bei den wenigen Besuchen seit der Umgestaltung des Zimmers feststellen konnte. Doch heute wirft sie diesen Blick nicht, denn er wird abgelenkt von einem Brief mit der Aufschrift *Für Ariane*, der auf Lenas Schreibtisch vor dem Fenster liegt.

– Ein Abschiedsbrief. –

Ariane fährt der Schreck in die Beine, sie muss sich auf den Schreibtischstuhl setzen, starrt den Brief an wie ein Menetekel.

– Selbstmörder schreiben Abschiedsbriefe. –

Doch gleich darauf denkt sie an die Briefe im Flur. Beauftragt eine Frau, die sich das Leben nehmen will, jemanden damit, ihre Post aus dem Briefkasten zu holen? Wohl kaum. Und überhaupt: Lena als Selbstmörderin, das ist eine gar zu abstruse Vorstellung. Nachdem sie sich so beruhigt hat, greift Ariane beherzt nach dem Brief und liest Lenas Kurzmitteilung, sie sei dann mal weg.

– Sehr witzig! –

Doch Ariane ist nicht zum Lachen zumute. Sie fühlt sich wieder wie das kleine Mädchen, dem ein großes französisches Au-pair-Mädchen mitteilt: *„Dein Maman, ah non, Lená du nennst ihr, Lená ist weg, verreist, aber bald kommt wieder."*
– Warum? Wohin? Wie lange? –
Auch jetzt hat ihre Mutter Ariane keine Antwort auf diese Fragen hinterlassen. Hätte sie nicht anrufen und Bescheid sagen können? Aber nein, sie legt in einem melodramatischen Setting diesen lächerlichen Brief auf ihren Schreibtisch.
– Der reine Hohn! –
Ariane zerknüllt den Schrieb, schmeißt ihn in den Papierkorb und schreit:
„Dann bleib doch, wo der Pfeffer wächst, du blöde Kuh!"
Energisch schiebt sie den Stuhl zurück und will aufstehen, doch sie hält mitten in der Bewegung inne.
– Wer ist das? –
Durchs Fenster sieht sie einen Mann, der ein Fahrrad schiebt, die Auffahrt hochkommen. Er blickt sich nach ihrem Auto um, danach zum Haus hoch, zum Fenster, hinter dem Ariane jetzt endgültig aufsteht und sich schnell hinter der Wand neben dem Fenster versteckt.
– Ich bin doch kein Eindringling! –
Verärgert über sich selbst geht Ariane zum Schreibtisch zurück, kann den Mann aber nicht mehr erblicken. Doch gleich darauf hört sie seine Stimme:
„Hallo? Ist da wer?"
Als sie die Treppe runtergeht, steht der Fremde im Flur, den Schlüssel noch in der Hand. Als er sie sieht, löst sich die Anspannung in seinem Gesicht:
„Sie sind die Tochter!"
„Und Sie sind Ahmed, richtig?"

Er nickt und reicht ihr die Hand.

„Ahmed Kerhabi."

„Ariane Löpersen. Hat meine Mutter Ihnen gesagt, wohin sie fahren wollte?"

„Wohin der Wind sie weht."

Ahmed zuckt mit den Schultern und macht ein betrübtes Gesicht:

„Ich hab gehofft, sie hätte es Ihnen in dem Brief geschrieben?"

„Nein. Offenbar will sie ein Geheimnis daraus machen. Also soll sie. Sie ist schließlich erwachsen. Sie kümmern sich während ihrer Abwesenheit um das Haus?"

Ahmed erzählt ihr von den Regelungen, die Lena mit ihm vereinbart hat. Ariane nickt, notiert sich seine Mail-Adresse und Telefonnummer, gibt ihm ihre Visitenkarte und bittet ihn, sich zu melden, sollte Lena von sich hören lassen. Danach will sie so schnell wie möglich das Haus verlassen.

– Was soll ich hier noch? –

Doch Ahmed schaut sie so eindringlich an, als erwarte er von ihr noch etwas anderes als die Erledigung von Formalitäten. Sie fühlt sich genötigt zu fragen:

„Alles klar? Oder gibt's noch ein Problem?"

„Ich habe Angst um Ihre Mutter. Ich glaube, sie leidet unter Depressionen."

– Was versteht ein Gärtner von Depressionen? –

„Bestimmt nicht. Wenn Sie unter etwas leiden, dann unter Größenwahn."

„Aber sie kam mir so traurig vor in letzter Zeit. Und warum lässt sie alles stehen und liegen und sagt niemandem, wo sie hingeht? Noch nicht mal ihrer eigenen Tochter!"

„Weil sie möchte, dass ihre Tochter sich tausend Gedanken darüber macht. Ach, wo mag mein liebes Mütterlein bloß stecken? Sie wird sich doch nichts angetan haben? Oh nein, oh nein ... Nicht mit mir!"

Arianes durch die Schwangerschaftshormone weich gezeichnetes Gesicht nimmt scharfe Züge an. Sie verabschiedet sich hastig von Ahmed, setzt sich in ihren Wagen und fährt davon.

– Heim zu Nommen! –

XI

Lena stapft über den Sommerdeich. Am Morgen hat sie ein neugeborenes Lamm mit einem weichen Tuch kräftig abgerubbelt und ihm danach die Zitzen seiner Mutter gezeigt. Sie blickt stolz auf ihre arthritischen Hände.
– Sie können's! –
Sie ist Henning dankbar, dass er ihr wie selbstverständlich eine Aufgabe zugeteilt hat, wenn auch nur eine kleine. Der Sohn ihres Cousins Bahne geht offenbar davon aus, dass sie während ihrer Kindheit auf Gröde regelmäßig bei der Geburt der Lämmer mitgeholfen hat und sie hat ihn in dem Glauben gelassen. Doch das war ganz allein die Sache ihres Vaters und ihres Bruders Hermann gewesen. Sie hatte nur hinterher saubermachen dürfen.
– Ruhet in Frieden. –
Das hat sie auch gedacht, als sie noch am Tag ihrer Ankunft auf Gröde am Familiengrab der Löpersens auf der Kirchwarft stand. Sie ist nicht gekommen, um ihre alten Gefechte mit den Toten auszutragen. Sie blickte auf den Grabstein und beim Namen *Hermann Löpersen* dachte sie nicht an den ewigen Rivalen ihrer Kindheit, sondern an einen jungen Mann, der sein Leben nicht hatte leben dürfen. Beim Namen *Johannes Löpersen* dachte sie nicht an ihren strengen, übermächtigen Vater, sondern an den hinfälligen Alten, der vereinsamt in einem Pflegeheim auf dem Festland gestorben war. Und sie dachte an den Namen, der auf dem Grabstein fehlt, der Name

ihrer Mutter Grete Löpersen, geb. Ludwig, der wohl in den Familiengrabstein der Ludwigs in Bayern eingeprägt ist. Genau weiß sie es nicht, denn sie hat das Grab ihrer Mutter nach der Beerdigung nie wieder besucht. Ihr Vater war nicht einmal zur Beerdigung gekommen, für ihn war seine Frau schon gestorben, als sie sich von ihm getrennt hatte und zu ihren Eltern nach Bayern zurückgekehrt war.

– Ein einmaliges Ereignis! –

Lena weiß mit Sicherheit, dass nie zuvor und nie danach eine Ehe auf Gröde gescheitert ist, jedenfalls hat es nie eine Trennung gegeben. Die sechs Familien auf der Knudswarft leben größtenteils in ungebrochener Generationenfolge in den vier Häusern. Und Lena hat mit dem Verzicht auf ihr Erbe und der Überschreibung des Hauses an ihren Cousin Bahne dafür gesorgt, dass es auch weiterhin eine Familie Löpersen auf Gröde gibt.

– Lebt in Frieden! –

Lena stapft weiter über den Sommerdeich und fühlt sich so milde gestimmt wie die Frühlingsluft. Sie blickt auf die Wiesen, auf denen tausende Ringelgänse sich zu dieser Jahreszeit fett fressen, bevor sie sich auf den Weg in ihre Brutgebiete in Sibirien machen. Ein Bild, das ihr wohlig vertraut ist.

– Heimatgefühle? Ich? –

Lena wundert sich über sich selbst. Sie weiß nicht, warum sie sich ausgerechnet nach Gröde geflüchtet hat, das sie als Halbwüchsige doch so schnell wie möglich verlassen wollte. Ihr Verstand hat sie gewarnt, hier würden sie nur die Gespenster ihrer Kindheitshölle peinigen, doch das Gegenteil ist der Fall. Sie spürt, dass die Gespenster längst ihre Macht über sie verloren haben, sie verblassen oder erscheinen ihr in einem anderen Licht. Sie denkt an ihren Bruder Hermann als einen

Jungen, der mit ihr über Grüppeln und Gräben gesprungen ist, sieht, wie sie sich gemeinsam an schlafende Schafe angeschlichen haben, um sie mit lautem „Buh!" zu erschrecken, denkt an die Segelboote, die er für sie aus Schwemmholz und Stofffetzen baute. Sie läuft über die Hallig, die ihr als Kind nur öde und langweilig vorgekommen ist, und weidet ihre Augen an der Weite des Horizonts, atmet die jodhaltige Luft, lauscht auf das Gänsegeschnatter, die Möwenschreie und das energiegeladene Tirilieren der Austernfischer, riecht das Meer und fühlt das ihm mühsam abgerungene Land unter ihren Gummistiefeln. Es ist, als lege sich die ihr urvertraute Landschaft wie ein Kokon um ihre Seele. Sie wandert jeden Tag über die Hallig, um die Hallig herum oder ins Watt hinaus, mit energischen Schritten, sie, die zuletzt nur noch durch ihre Villa geschlichen ist und die nichts in der Welt dazu gebracht hätte, durch den vor ihrer Haustür gelegenen Sachsenwald zu laufen. Dieser düstere Wald war ihr immer unheimlich und sie hat nie verstanden, warum Ariane ihn so liebte.

„Ariane!"

Lena wedelt mit ihren Händen, scheucht den Gedanken an Ariane weg. Sie wird sich von Ariane nicht aus ihrer inneren Ruhe bringen lassen! Erschreckt fliegen einige Ringelgänse auf, lassen sich aber gleich darauf wieder nieder und setzen ihr Rupf- und Fresswerk fort. Heute bekämen sie von der Behörde sogar Geld für den entstehenden Schaden, hat Henning Lena erzählt, wenn es auch natürlich mehr sein müsste. Lena hat genickt. Wann wäre ein Bauer jemals zufrieden? Aber die Löpersens leben nicht schlecht, das kann sie sehen. Es ist alles so viel leichter geworden. Gröde hat eine Stromverbindung vom Festland, das Trinkwasser kommt aus dem Wasserhahn,

geheizt wird mit Kohle und Nachtstrom und natürlich gibt es Handyempfang und Internetanschluss.
– Exotik passé. –
Lena ist am Ende des kaum einen Meter hohen Sommerdeichs angekommen und wandert über die im Laufe der Jahre immer massiver befestigte Steinböschung im Norden. Sie muss aufpassen, auf den unebenen Steinen nicht umzuknicken, schaut genau, wohin sie die Füße setzt und bleibt lieber stehen, wenn sie aufs Meer hinausschauen will. Die Nordsee plätschert lieblich an die Steine, doch Lena lässt sich nicht täuschen. Zu gut kennt sie die Tobende, die mit Urgewalt gegen das von den Halligbewohnern errichtete Bollwerk schwappt. Seit Jahren vergeblich. Zurzeit hat der Mensch die Oberhand, es gelingt ihr nicht mehr wie in früheren Zeiten, der Hallig Land zu entreißen.
– Wie lange noch? –
Die Frage treibt alle auf der Hallig um. Der Klimawandel ist ihre größte Sorge, das hat Henning erst gestern beim Teepunsch betont. Und sein Vater Bahne, der früher die Naturschützer als seine Hauptfeinde angesehen hat, orakelte: „Dat geiht nich good!" Lena sah, wie Henning sich einen Kommentar dazu verkniff. Er hatte ihr erzählt, dass er vor Jahren der berüchtigte einzige Wähler der Grünen auf Gröde war, das immer als erster Wahlkreis in Deutschland mit dem Auszählen der Stimmen fertig ist. Es sind ja auch nur ein Dutzend Wahlberechtigter. Frei und gleich sind die Wahlen hier wie überall in der Republik, aber geheim? Natürlich kann jeder verdeckt sein Kreuz machen und den verschlossenen Umschlag in die Urne im Wohnzimmer des Bürgermeisters stecken. Und genauso natürlich wusste damals jeder, wer der eine Abweichler war, der *de greunen Spinner* gewählt hatte.

Henning hat gelacht, als er Lena von den Sticheleien erzählte, die er erdulden musste, die aber nie bösartig wurden. Bösartigkeiten im Umgang miteinander können sich die Bewohner Grödes nicht erlauben. Daran hat sich nichts geändert. Man ist aufeinander angewiesen. Man muss sich nicht lieben, man hockt auch nicht die ganze Zeit beisammen, wie viele Touristen glauben, aber man respektiert und hilft einander.
– Heile Welt? –
Lena schüttelt den Kopf, während sie weiter vorsichtig die Steinböschung entlangstakst. Als Kind ist ihr Gröde wie ein Gefängnis vorgekommen, aber gefangen war sie nicht von der Hallig, denkt sie jetzt, sondern von ihrem Unglück, dem Unglück, für ihre Eltern das zweite, das weibliche, das wenig beachtete, das ungeliebte Kind gewesen zu sein. Das wäre in der Großstadt nicht anders gewesen.
„Du bist unschuldig!"
Sie ruft es dem 270 Hektar großen Flecken Erde mitten im Meer zu. Als Antwort fliegen wieder einige Ringelgänse auf. Lena lacht. In Sicht-, aber nicht in Rufweite sieht sie Henning und zwei andere Männer, die offenbar einen der Zäune um die Fenne reparieren. Die Fenne, das Weideland für die Schafe und Rinder, wird immer noch gemeinsam bewirtschaftet, wie Lena mit Befriedigung gehört hat. Hier lebt die alte germanische Allmendewirtschaft tatsächlich mitten im real existierenden Kapitalismus weiter. Lena sieht, wie Henning grüßend die Hand hebt und winkt zurück. Ihr gefällt der Sohn ihres Cousins Bahne und sie fühlt sich noch nachträglich in ihrer Entscheidung bestärkt, diesem Zweig der Familie nach dem Tod ihres Vaters ihr Elternhaus zu überschreiben, nachdem Bahne und seine Frau Elsbeth den Hof schon seit dessen Schlaganfall 1978 bewirtschaftet hatten. Ihr Sohn Henning,

der kräftig gebaute, wortkarge, aber immer freundliche Mittvierziger ist genau der Richtige für das Leben auf der Hallig, findet Lena. Er bewältigt alle anfallenden Aufgaben, ist Bauer und Schäfer und Naturschützer, arbeitet als Angestellter beim *Amt für Land- und Wasserwirtschaft* an den Steinbefestigungen und an den Lahnungen für alle zehn Halligen und kümmert sich im Sommer um das Pensionsvieh, die Kühe, die als Gäste auf der Hallig weiden.

– Multitasking, würde Ariane sagen. –

Seiner Frau Anna überlässt er die Arbeit mit den drei Kindern und mit den menschlichen Gästen in den zwei Ferienwohnungen, die er zusammen mit seinem Vater ausgebaut hat.

– Das lohnendere Pensionsvieh. –

Lena wendet sich wieder der Wasserseite zu. Es ebbt. Am Fuß der Steinböschung ist schon das Watt zu sehen. Bald wird nur in den Prielen noch Wasser fließen. Vielleicht werden bei dem schönen Wetter heute einige Wattwanderer vom Festland rüberkommen. Aber auf keinen Fall solche Massen wie an schönen Sommertagen. Da sind es manchmal hundert und mehr. Und mit der Flut bringen Ausflugsfähren viele hunderte, hat ihr Bahne erzählt. Aber die müssten nach einer Stunde ja schon wieder zurück, da bleibe man eben so lange im Haus oder verziehe sich aufs Halligland, denn die trampelten alle nur über die beiden Warften, besichtigten den Friedhof und die Kirche, kauften Eis und Getränke an *Monikas Kiosk* und dann sei man sie wieder los. Bahne hielt nicht viel von den Tagestouristen, an denen verdiente ja auch nur Monika, die Frau des Bürgermeisters, mit ihrem Kiosk etwas. Aber auf die Feriengäste, die sich für Wochen bei den Löpersens oder in den anderen acht Ferienwohnungen einquartierten, ließ er nichts kommen. Das seien größtenteils Stammgäste, die jedes Jahr wiederkämen, Leute, die Gröde wirklich liebten.

„Und die für ihre Liebe gut bezahlen."

„De Leev is nu mol dat höchste Good in Leben."

Dabei grinste Bahne sie verschmitzt an. Lena mochte den trockenen Humor ihres Cousins, der trotz seiner 71 Jahre keiner war, der sich aufs Altenteil abschieben ließ. Er werkelte ständig im Haus oder auf der Warft herum, er holte mit dem Trecker die geschätzten Feriengäste samt ihrem Gepäck von der Fähre ab und brachte sie auch wieder hin, und er übernahm es gern, ihnen Döntjes vom Halligleben früher zu erzählen. Und von den Sturmfluten an der Nordseeküste. Darauf waren alle Touristen besonders scharf. Und so erzählte er über die *Erste Grote Mandränke* 1362, bei der der reiche Handelsplatz Rungholt versank, über hunderttausend Menschen ertranken und die Halligen entstanden, die *Zweite Grote Mandränke* 1634, die Weihnachtsflut 1717, die Februarflut 1825 und viele andere so lebendig, als habe er sie selbst miterlebt. Aber besonders, wenn er von der Flut 1962 sprach, schilderte, wie der Ansturm der Flutmassen die tragenden Wände von dreien der vier Häuser auf der Knudswarft zum Einsturz brachte, lauschten seine Zuhörer atemlos und bangten mit ihm um sein Leben.

– Er hat keine blasse Ahnung! –

Als er 1978 auf die Hallig kam, gab es längst die Schutzräume in den Häusern, fest gegründet auf vier Meter tiefen Betonpfeilern im Warftboden. Die würden stehenbleiben, auch wenn das ganze übrige Haus in den Fluten versänke. Zusätzlich war die Warft kräftig erhöht worden und bei den Sturmfluten nach 1962, die zu noch höheren Wasserständen aufliefen, hatten die Uferbefestigungen die Wucht des Wellenschlags abgemildert und den Anprall des Treibguts erfolgreich abgewehrt.

„Trutz, Blanke Hans!"

Lena hat nur gegrinst, als Bahne am Ende seiner dramatischen Schilderungen diesen Schlachtruf der Küstenbewohner gegen die mörderische See ausrief, als wolle er den erholungsbedürftigen Touristen gleich morgen eine Schaufel in die Hand drücken und sie zur Uferbefestigung abkommandieren.

– Ein begnadeter Erzähler! –

Sie wandert weiter die Steinböschung entlang, am Fähranleger vorbei, bis sie mithilfe eines Übertritts einen kleinen Zaun überwindet und sich über die von Gräben und Grüppeln durchfurchte Salzwiese in Richtung der beiden Warften bewegt. Über besonders breite Gräben sind Bohlenstege verlegt, über die sie ohne Probleme balanciert, und den Anstieg zur Kirchwarft bewältigt sie, ohne in Atemnot zu geraten. Sie will noch einmal den Friedhof besuchen, geht gerade um das einzige Gebäude auf der Warft herum, das sowohl die Kirche als auch die Schule und die Wohnung der Lehrerin beherbergt, als die mit ihrem Hund Cindy aus der Tür ihrer Wohnung tritt und sie anspricht:

„Moin! Ist das nicht ein herrlicher Frühlingstag? Diese Luft! Mein Mann wühlt schon den halben Tag im Garten. Sitz, Cindy! Das ist doch eine von uns! Die müsstest du doch allmählich kennen!"

„Moin, Moin! Ja, die Luft ist wunderbar."

„Sie wollten sich doch gern mal unsere Schule anschauen. Haben Sie jetzt Zeit? Dann kommen Sie rein!"

„Ja, gerne. Aber wollten Sie nicht gerade Ihre Runde mit dem Hund drehen?"

„Cindy kann warten. Kommen Sie, kommen Sie! Den Weg kennen Sie ja wohl noch, oder?"

Den Weg kennt Lena und den 16 Quadratmeter großen Raum erkennt sie sofort wieder, auch wenn er viel heller wirkt als zu ihrer Schulzeit. Sie hatte zusammen mit ihrem Bruder und einem gleichaltrigen Jungen auf hintereinander aufgestellten Schulbänken gesessen. Jetzt sieht sie zwei große Tische mit drei bequemen Stühlen, auf denen bunte Kissen liegen. Auch sind die Wände nicht kahl, sondern vollgehängt mit von den Schülern gemalten Bildern. In einem kleinen Schrank und auf vielen Regalen liegen alle möglichen Unterrichtsmaterialien und in der Ecke steht ein PC.

„Mit Internetzugang natürlich", betont die Lehrerin und lächelt stolz, als Lena sagt:

„Ein freundlicher Raum!"

„Das Lernen soll ja auch eine Freude sein!"

Eine Freude war es für Lena nicht. Ihre Lehrerin war eine dicke, kleine Frau, nein, ein *Fräulein*, das auf diese Anrede Wert legte, obwohl es schon in den Fünfzigern war.

– Es war nicht nur grammatisch ein Neutrum. –

Das Fräulein lächelte so selten wie es lobte, beschäftigte sie mit stupidem Auswendiglernen und traute Lena als der Jüngsten und dem einzigen Mädchen sowieso nichts zu.

„Schreib das ab!"

Vor allem an diese Aufforderung erinnert sich Lena. Endlos erschienen ihr die Stunden, in denen sie Texte aus Lehrbüchern abschrieb oder eine Rechenaufgabe nach der anderen zu lösen hatte. Sie lauschte immer, wenn die Lehrerin den beiden älteren Jungen Erklärungen gab, denn sie wusste, für sie würden diese Erklärungen später wesentlich kürzer ausfallen mit dem immer gleichen Argument:

„Das hast du ja schon gehört."

Die heutige Lehrerin spricht zu Lena kenntnisreich über die besonderen pädagogischen Strategien in Zwergschulen. Sie ist offenbar auf der Höhe der didaktischen Erkenntnisse, aber Lena ist dennoch überzeugt, dass es vor allem ihre warmherzige Art ist, die die Kinder gern zu ihr in die Schule kommen lässt. Sie zeigt Lena mit echter Begeisterung die Tuschebilder von Hennings zweitjüngster Tochter, sieht Impressionismus, wo Lena nur Kleckse sieht, und findet anerkennende Worte auch für die Talente der beiden anderen Kinder, die sie nach Kräften entwickeln helfen will, wie sie sagt.

„Bei Ihnen wäre ich bestimmt gern zur Schule gegangen."

Die Lehrerin freut sich über Lenas Kompliment und lädt sie noch auf eine Tasse Tee in die *Döns* ein, in ihr Wohnzimmer, doch Lena wird plötzlich wieder von ihrem Fluchtimpuls überwältigt.

– Zu viel Herzlichkeit! –

Sie will niemanden nah an sich herankommen lassen. Bei ihren Verwandten und den anderen auf der Hallig besteht diese Gefahr nicht. Denen hat sie gesagt, sie wolle ein bisschen Ruhe tanken. Das kennen sie, denn das erklären ihnen die Feriengäste auch immer. Warum oder wofür sie Ruhe tanken will, das würden sie nie fragen. Aber diese Lehrerin wird nicht nur von sich erzählen, sondern spätestens bei der zweiten Tasse Tee anfangen, ihr Fragen nach ihrem Leben zu stellen. Und über ihr Leben will sie nichts erzählen. Das hat sie schon zu oft getan, Seite um Seite hat sie damit vollgeschrieben.

– Mein Leben war das Erzählen über mein Leben. –

Aber sie weiß schon nicht mehr, was wirklich geschehen ist und was sie erfunden hat, was Wahrheit, was Fiktion ist in dieser Erzählung ihres Lebens. Sie muss ganz neu versuchen, sich ihrer Vergangenheit zu bemächtigen. Ganz neu und vor allem ganz allein. Sobald sie anfängt, aus ihrem Erleben wieder eine erzählbare Geschichte zu machen, hat sie verloren. Ist sie verloren. Verloren im Irrgarten ihrer eigenen Worte, die ihr den Ausweg versperren.

– Ausweg wohin? –

Sie bedankt sich bei der Lehrerin für die Einladung, vertröstet sie aber auf ein anderes Mal.

„Ich muss noch was erledigen."

Eine bessere Ausrede fällt ihr nicht ein. Sie verabschiedet sich, verlässt den Schulraum und geht ums Haus herum zum Friedhof. Nach kurzer Zeit sieht sie die Lehrerin mit ihrem Hund über die Salzwiesen in Richtung Fähranleger laufen. Sie wandert an den wenigen Grabsteinen entlang, liest die ihr wohlbekannten Namen: Sönnichsen, Schwennesen, Richardsen, Mommsen und natürlich Löpersen. Aber ihr Bruder Hermann ist nicht mehr der jüngste Gröder, der hier begraben liegt. Unter einem Herz aus Stein liegt die 1991 geborene Bina Mommsen. Die Tochter des Bürgermeisters Volker Mommsen und seiner Frau Monika wurde nur vier Monate alt.

– Warum? –

Das wird sie die beiden nicht fragen, weil sie auch nichts gefragt werden will. Sie hält sich fern vom Küstenschnack, wandert allein über die Hallig oder bleibt in dem Zimmer, das Henning und Anna ihr zur Verfügung gestellt haben, das Zimmer ihres Ältesten Wolfgang, der zurzeit in Dänemark eine weiterführende Internatsschule besucht. Sie wäre lieber in eine der Ferienwohnungen gezogen, aber die seien auf Monate hinaus ausgebucht, hat ihr Anna gesagt. Lena hat Anna und Henning zu verstehen gegeben, dass sie keinen Familienanschluss sucht, dass sie für sich sein und in Ruhe gelassen werden möchte. Die beiden haben etwas pikiert geguckt, respektieren aber Lenas Wunsch.

– Wenn du was willst, sag es! –

Das hat sie gelernt in ihrem Leben, stellt Lena befriedigt fest. Sie tut nicht mehr, was man von ihr erwartet oder verlangt. Sie verlangt selber. Sie hat es vom ängstlichen Mädchen, das es allen recht machen will, zur emanzipierten Frau gebracht, die einfordert, was sie will.

– Ist das nichts? –

Das ist nicht nichts, beantwortet sich Lena ihre Frage, aber das ist auch nicht alles. Sie hat vieles erreicht in ihrem Leben, aber nicht das, was sie sich jetzt am meisten wünscht: zurückzublicken und sich sagen zu können, dass es ein erfülltes Leben gewesen ist.

– Da ist nur Leere. –

Sie hadert mit sich, argumentiert gegen dieses Leeregefühl an, sagt sich, dass sie nicht nur viel erreicht, sondern auch viel erlebt hat, viel von der Welt gesehen hat, dass sie Menschen mit ihrer Literatur etwas gegeben hat, dass sie geliebt hat und geliebt worden ist, dass sie ein Kind großgezogen hat ...

– Was bleibt: Leere. –

Lena wendet sich von den Grabsteinen ab, geht zum Eingang der Kirche und öffnet die Stahltür, die ihn gegen Sturmfluten sichert, dann die schwergängige Holztür und betritt den Raum, der nicht größer ist als das Wohnzimmer in ihrer Villa. Sie setzt sich in eine der grün lackierten Holzbänke und schließt die Augen. Der modrige Geruch in dieser 1779 erbauten Kirche erinnert sie sofort an die langweiligen Gottesdienste, die sie hier in ihrer Kindheit abgesessen hat. Zum Glück kam der Pfarrer nur alle vier bis fünf Wochen von der viel größeren Hallig Langeness herüber. Lena öffnet die

Augen, blickt auf den aus Holz geschnitzten Altar von 1592, der aus einer untergegangenen Kirche gerettet worden ist und sechs Szenen aus dem Leben Jesu darstellt. Lena kennt sie auswendig, die Bilder waren während der öden Predigten die einzige Ablenkung für ihren Geist. Die sattsam bekannte Mischung aus Lobpreisungen der barmherzigen Liebe Gottes und Androhungen seines unerbittlichen Zorns gegen die menschlichen Sünder gingen bei ihr zum einen Ohr rein und zum anderen raus. Lena wusste, dass auch ihren Eltern jegliches religiöse Gefühl abging, dennoch beharrten sie auf den Besuchen des Gottesdienstes.

„Dat gehört sik so."

Lena hört die Stimme ihres Vaters, blickt auf die Figur des gekreuzigten Jesus, die in der Mitte des Altarbildes hängt, und empfindet Mitleid mit dem gemarterten Wanderprediger aus dem Nahen Osten.

– Einer von uns. –

Einer von uns Sterblichen, von uns Vergänglichen, Verweslichen, aber einer der Glücklichen, die es schon hinter sich haben, das Sterben, das ihr noch bevorsteht, beneidet Lena ihn.

– Ins Wasser gehen. –

Warum nicht? Wer wird sie vermissen? Ariane bestimmt nicht. Und sonst auch niemand. Ihre Leserinnen? Sie weiß, sie wird nichts mehr schreiben können, und selbst wenn, wird es niemanden mehr interessieren. Sie hat sich selbst überlebt. Sie ist überflüssig. Warum dann nicht sich verflüssigen ins Flüssige, das hier immer darauf wartet, sich einen Menschen zu holen? Lena grinst verächtlich. Selbst beim Gedanken, sich zu ertränken, kommen ihr noch Wortspiele in den Sinn, ihren eigenen Tod macht ihr Gehirn zum literarischen Budenzauber.

– Abartig! –

Lenas Blick erhebt sich zur Kirchendecke und bleibt an dem großen Holzbalken über dem Altar hängen. Darauf prangt in vergoldeten Lettern ein Bibelzitat, das sich ihr unauslöschlich eingeprägt hat:
DIE STEINE IN DER MAUREN WERDEN SCHREYEN UND DIE BALCKEN AM GESPERR WERDEN IHNEN ANTWORTEN
– Genau so war's! –
Plötzlich ist sie wieder mittendrin in der Nacht vom 16. auf den 17. Februar 1962. Am 14. hatte ihr Vater sie mit dem Motorboot vom Festland abgeholt. Es pustete kräftig, das Boot schaukelte heftig, aber das war nichts Ungewohntes und sie landeten sicher im Halligpriel. Lena war siebzehn und sie war seit Hermanns Beerdigung vor einem dreiviertel Jahr nicht mehr auf die Hallig gekommen. Aber am 15. Februar wurde ihr Vater fünfzig Jahre alt.

„Ik fier nich."

„Ich komm trotzdem."

Den fünfzehnten Februar empfand Lena dann als einen schrecklichen Tag, nicht ahnend, dass sie erst in der Nacht zum siebzehnten lernen würde, was Schrecken heißt. Ihr Vater war nach dem Tod seines Sohnes noch abweisender und wortkarger geworden als zuvor, die Mutter verstört und wie abwesend. Obwohl Johannes Löpersen nicht feiern wollte, kamen natürlich alle Halligbewohner am Vormittag zum Gratulieren vorbei, bekamen einen eingeschenkt, man saß beisammen, sprach nicht über Hermanns Tod, darüber gab es nichts mehr zu sagen, und sprach auch nur kurz über das Sturmtief Vincinette, das inzwischen mit Windstärken um 10 Beaufort tobte. Man hatte rechtzeitig die Tiere auf die Warft gebracht, die Hallig war bis an den Warftfuß überflutet, aber dieses *Landunter* passierte bis zu neunzig Mal im Jahr, es war das Wesen einer Hallig, regelmäßig überflutet zu werden, und deshalb nicht der Rede wert. Die jungen Männer sprachen über anfallende Reparaturen, die alten über ihre Krankheiten und alle versuchten, das *Geburtstagskind* mit Scherzen zum Lachen zu bringen. Die jungen Frauen sprachen über Rezepte, die alten über die Krankheiten der Enkelkinder und alle versuchten, Lenas Mutter aus ihrer inneren Abwesenheit hervorzulocken, über die auch ihr gespenstisches Dauerlächeln nicht hinwegtäuschte. Da ihren Bemühungen nur wenig Erfolg beschieden war, stürzten sich Männer wie Frauen auf Lena, um sie über ihr Leben in der Großstadt, ihre Lehre als Buchhändlerin, ihr Leben überhaupt auszufragen. Lena gab die erwarteten Antworten und sprach über neu erschienene Bücher, obwohl sie wusste, dass hier niemanden das Katz und Mausspiel eines Günter Grass, Uwe Johnson drittes Buch über Achim oder das dreißigste Jahr einer Ingeborg Bachmann interessierten, aber alles war besser als das immer wieder ausbrechende Schweigen.

Am Nachmittag saß Lena allein mit ihren Eltern in der Küche, sie tranken Tee und aßen *Knerken*, staubtrockene Kekse, die Lena schon als Kind nicht gemocht hatte. Das Feuer im Ofen der *Döns* hatte der Vater ausgehen lassen, nachdem die Gäste weggegangen waren. Jetzt legte er nur noch in der Küche neue *Ditten* in den *Bilegger,* den alten gusseisernen Ofen, der aus dem getrockneten Kuhdung ausreichende Wärme für den kleinen Raum herausholte. Dennoch fröstelte Lena. Sie verfluchte sich, dass sie sich von ihrem Pflichtgefühl zu diesem Besuch hatte verleiten lassen. Jetzt saß sie da mit ihren verstummten Eltern und wusste genau, dass deren Gedanken um den kreisten, der nicht mit am Tisch saß. Lena begriff, dass sie auch nach Hermanns Tod niemals ins Zentrum der Aufmerksamkeit ihrer Eltern rücken würde, im Gegenteil. Der abwesende Hermann hatte sie endgültig an den Rand gedrückt.

– Jetzt und immerdar. –

Sie gingen früh ins Bett. Lena lauschte lange dem Heulen des Sturms, das immer lauter wurde, und befürchtete, am Morgen nicht wie geplant die Hallig wieder verlassen zu können. Der Seegang würde zu heftig sein. Vor Wut schlug sie auf ihr Kopfkissen ein. Sie wollte nicht hier gefangen sein, wollte zurück nach Hamburg, zurück in ihr Leben, sie wollte spannende Familienromane lesen und nicht länger die gespannte Atmosphäre in ihrer Familie ertragen müssen. Als sie dann aber am nächsten Morgen vor das Haus trat, mischte sich zum ersten Mal Furcht unter ihre Wut. Aus dem Sturm war ein Orkan geworden, der sie fast umschmiss. Aber es war nicht die Gewalt, mit der die jagenden Luftmassen sie bedrängten, die sie erschauern ließ, und auch nicht das Bild einer unter aufgewühltem Wasser verschwundenen Hallig. Das hatte sie schon oft gesehen. Bei Hochwasser! Doch jetzt war Niedrigwasser, das wusste sie genau, und dieses Wissen ließ sie die Wellen, die gegen die beiden Warften schlugen, mit Entsetzen betrachten. Ein Blick auf den Windanzeiger auf dem Haus verstärkte es noch.

– Nordwest. –

Der Wind hatte über Nacht gedreht. Nordwest, das hieß, das Wasser des Atlantiks würde bei auflaufender Flut mit der Wucht des Orkans in die Deutsche Bucht gedrückt wie in einen Trichter. Der Wasserstand würde verdammt hoch werden.

– Wie hoch? –

Lena spürte, wie ihr Vater hinter sie trat. Er packte sie an den Schultern und zog sie ins Haus hinein. Er stand in Gummistiefeln und seiner gefütterten Arbeitsjacke im Flur und sah sie an. Sie sagte nur:

„Nordwest."

„Schiet!"

In den nächsten Stunden half Lena ihren Eltern, die Schafe in den Stall zu den drei Kühen und dem erst eine Woche alten Kalb zu treiben, die Schotten vor den Fenstern einzusetzen, die Haustür mit Sandsäcken zu sichern. Die Arbeit tat ihr gut, sie wurde gebraucht, die Angst verging, die Zeit verflog. Zum Hochwasserzeitpunkt gegen Mittag leckte das erste Wasser unter der Haustür durch. Lenas Mutter gab schnell auf, es aufzuwischen. Sie warteten auf die Ebbe, doch das ablaufende Wasser wurde seiner Bezeichnung nicht gerecht. Es lief nicht ab. Die Löpersens schleppten Möbel, Kleidung, Lebensmittel, Trinkwasser, Heizmaterial und Wertsachen in den ersten Stock und versammelten sich um den einzigen Ofen dort. Der stand in Hermanns ehemaligem Zimmer und hatte eine Klappe zu Lenas ehemaligem Zimmer. Die warme Luft, die durch die geöffnete Klappe drang, war Lenas Wärmequelle gewesen.

– Abwärme. –

In Hermanns Zimmer hatte sich seit seinem Tod nichts verändert. Lenas Vater heizte ein, Lena setzte sich auf Hermanns Sessel am Fenster, dessen Läden aber geschlossen waren, so dass sie nicht hinaussehen konnte. Lenas Mutter zündete eine Petroleumlampe an und setzte sich auf Hermanns Bett unter die von der Decke herabbaumelnden Modellflugzeuge. Sie warteten. Ab und zu aßen und tranken sie etwas. Sie schwiegen, lauschten dem Tosen des Sturms, beobachteten das Vibrieren der Fensterläden, spürten das Rütteln und Schütteln am Haus. Es flutete wieder. Vereinzelt drang das Blöken eines Schafs oder das Muhen einer Kuh zu ihnen. Johannes Löpersen ging hinunter ins Erdgeschoss, wo seit Kurzem ein Telefon auf einem kleinen Tischchen in der *Döns* stand, und versuchte, mit der Polizeistation auf dem Festland zu telefonieren. Das Telefon war tot. Er ging wieder nach oben und auf die erwartungsvollen Blicke seiner Frau und seiner Tochter zuckte er bloß mit den Achseln. Lena hatte sich keine Hoffnung gemacht, ihr Vater könne vom Festland Hilfe herbeitelefonieren. Bei dem Orkan konnte kein Schiff die Hallig anlaufen und kein Hubschrauber sich in die Luft erheben. Dennoch fühlte sie sich erst jetzt von aller Welt verlassen. Als kein Tageslicht mehr durch die Ritzen der Fensterläden drang, stand das Wasser hüfthoch im Erdgeschoss. Johannes Löpersen setzte sich neben seine Frau auf das Bett seines toten Sohnes und sagte:

„Nu säuft dat Vieh ab."

Grete Löpersen sah ihren Mann nicht an, als sie antwortete: „Wir hätten wenigstens das Kälbchen ins Haus holen sollen!"

Lena beobachtete ihre Eltern, die mit Abstand nebeneinander saßen. Sie sah, dass ihre Mutter zitterte. Sie fragte sich, warum ihr Vater nicht wenigstens jetzt einmal den Arm um seine Frau legte, verspürte aber auch einen Anflug von Schadenfreude. Ihre Mutter hatte sich Hermann als männlichen Beschützer herangezogen, an ihn hatte sie alle ihre Energien verschwendet, er sollte ihre Stütze im Leben sein.

– Aufs falsche Pferd gesetzt. –

Lena würde jedenfalls keine beruhigenden Worte absondern, um der Mutter die Angst zu nehmen, wie denn auch? Sie brauchte ja all ihre Kraft, um nicht selbst anzufangen zu zittern.

Nur zwei Stunden später kam das Wasser die Treppe hoch und breitete sich in rasender Geschwindigkeit aus. Johannes Löpersen zeigte nach oben, nahm Hermanns Federbett und brachte es auf den Dachboden. Als er wieder zurückkam, um die Petroleumlampe und die Kiste mit den Familiendokumenten zu holen, musste er schon knöchelhoch durchs Wasser waten. Grete griff sich den Kanister mit Trinkwasser und zwei Brote, Lena zerrte Hermanns warme Winterjacke aus seinem Schrank, zog sie über und fand auch noch eine Wolldecke. Sie flohen alle drei über die Leiter auf den Dachboden.

Der Boden war vollgestellt mit kaputten Möbeln, landwirtschaftlichen Geräten aus der Vorzeit und einer großen geschnitzten Truhe, der eine Seitenwand fehlte. Darin fand Lena neben von Motten zerfressenen Miedern und Leibchen einen zerschlissenen dunkelroten Vorhang, den sie ihrem Vater zuwarf. Er hängte ihn sich um und setzte sich auf ein Butterfass.

– Ein König auf seinem Thron. –

Grete nahm sich einen Stuhl, dessen Sitzfläche aus durchbrochenem Flechtwerk bestand, und rückte ihn neben ihren Mann. Eingewickelt in das Federbett ihres Sohnes starrte sie auf den Boden. Lena setzte sich auf die Truhe ihren Eltern gegenüber und schloss die Augen. Trotz der Wolldecke um ihre Beine und Hermanns gefütterter Jacke fror sie schon nach einer halben Stunde erbärmlich. Doch schlimmer noch war der Lärm, das Tosen des Sturms und das Schlagen der anbrandenden Wellen an das Haus. Am schlimmsten jedoch waren die Erschütterungen, das Erbeben der Mauern, jedes Mal, wenn größere Stücke Treibgut dagegen geschleudert wurden. Und das Treibgut wurde immer und immer wieder gegen das Haus geschleudert, mit der ganzen Wucht der in den Wellen gespeicherten Energie des Orkans.

– DIE STEINE IN DER MAUREN WERDEN SCHREYEN –

Um Mitternacht hatte der Orkan erste Reetbündel aus dem Dach herausgerissen und erweiterte das Loch mit steter Kraft.

Die Petroleumlampe erlosch. Das Gestöhne und Geknarze der Dachbalken wurde zu einem lauten Knirschen.

– UND DIE BALCKEN AM GESPERR WERDEN IHNEN ANTWORTEN –

Lena murmelte immer wieder diese Worte, die sie bei jedem Gottesdienst ihrer Kindheit vor Augen gehabt hatte. Seltsamerweise wirkten sie beruhigend auf sie wie die Erinnerung an ein Wiegenlied. Sie zitterte vor Kälte und vor Angst, aber tief in ihr war die Überzeugung, diese Nacht würde nicht die letzte Nacht ihres Lebens sein. Es wäre einfach zu ungerecht, wenn sie, die doch schon längst in die Großstadt entflohen war, ein Opfer der See würde wie so viele Küstenbewohner vor ihr.

– Das kann nicht sein! –

Ihr Glaube wurde erst erschüttert, als Teile der Nordwand des Hauses wegbrachen, der Boden unter ihnen in Schräglage geriet, der nördliche Teil sich absenkte und polternd ins erste Stockwerk stürzte. Dies war auch der Moment, erinnert sich Lena, in dem ihre Mutter anfing, Verwünschungen auszustoßen. Sie schrie ihren Mann an, verfluchte den Tag, an dem sie ihn kennengelernt, an dem sie auf die Hallig gekommen war, an dem sie sich entschieden hatte, ihre bayrische Alm zu verlassen, um hier in dieser gottverfluchten Gegend mit ihm zu leben. Sie hasse die Nordsee, habe ihr immer misstraut, habe nur ihm zuliebe hier ausgeharrt, und wie sei es ihr gedankt worden? Sie hasse ihn! Er habe sie in die Falle gelockt und dann allein gelassen. Sie hasse Gröde! Gröde habe ihr den Sohn geraubt, ihren einzigen Halt im Leben. Auf dem Festland hätte sie nicht gezögert, sofort einen Arzt kommen zu lassen, hätte nicht lange überlegt, ob plötzliches hohes Fieber ein Fall für den Rettungshubschrauber sei. Und vielleicht wäre Hermann dann noch gerettet worden, ja bestimmt, wäre er

dann noch gerettet worden! Danach schluchzte sie nur noch und stieß immer wieder Hermanns Namen hervor.
– Das war das Ende. –
Das Ende einer wohl nur kurze Zeit glücklichen Ehe, denkt Lena, während sie immer noch in der Halligkirche sitzt und auf das Unheil verkündende Bibelzitat auf dem Balken über dem Altar starrt. Nur einen Monat danach ist ihre Mutter Grete zurück zu ihren Eltern nach Bayern gezogen. Das Ende des Lebens war es für niemanden auf der Hallig. Als am 17. Februar der Morgen graute, das Wasser sank und der Orkan abflaute, waren die Häuser halb zertrümmert, das Vieh ersoffen, das Trinkwasser im Fething versalzen, aber sie hatten überlebt. Die Löpersens hatten überlebt und alle anderen auf der Hallig auch. In der durch Deiche geschützten, vermeintlich sicheren Großstadt Hamburg dagegen ertranken in dieser Nacht 315 Menschen.
– Mordsee. –
Unberechenbar ist sie. Unberechenbar wie das Leben, denkt Lena und fröstelt. Trotz der milden Frühlingsluft ist es in der Kirche feucht und kalt und vielleicht haben ihre Gedanken auch zu lange in dieser eisigen Februarnacht verweilt, in der sie auf dem halb eingestürzten Dachboden fast erfroren wäre. Sie steht auf. Es zieht sie nach draußen, in den Sonnenschein. Sie verlässt die Kirche und setzt sich auf die Bank, die neben der Eingangstür steht. Sie lehnt sich an das über zweihundert Jahre alte Gemäuer dieser Kirche, die nicht in den Fluten versunken ist wie ihre sieben Vorgängerinnen, und von einem 1978 errichteten Ringdeich und der Verbreiterung der Kirchwarft auch weiterhin davor bewahrt werden soll. Lena vertraut, zumindest für ihre noch bevorstehende kurze Lebenszeit den Schutzmaßnahmen, die seit der Sturmflutnacht 1962 für die

Kirchwarft, die Knudswarft und für die gesamte Hallig Gröde getroffen worden sind und an denen die Menschen ständig weiterarbeiten.
– Die Männer. –
Nur die Männer der Halligen arbeiten *beim AWL*, dem *Amt für Land- und Wasserwirtschaft*, konstatiert Lena ganz ohne feministischen Furor, im Gegenteil, sie verteidigt ihre Heimat vor ihrem früheren anklagenden Selbst: Warum sollte die Emanzipation der Frauen auf den Halligen früher verwirklicht werden als in den Führungsetagen der DAX-Konzerne?
– Frauenquote beim *AWL*? –
Lena steht von der Bank auf, geht die wenigen Schritte über den Friedhof und stellt sich an den Rand, wo sie eine gute Sicht aufs Meer hat. Die sanften Wellen reflektieren das Sonnenlicht, funkeln verlockend auf, doch Lena sieht hinter dem idyllischen Bild wieder das Schreckensbild der Sturmflutnacht. Wie froh war sie damals, nicht eins der unzähligen Opfer der Nordsee geworden zu sein! Und jetzt? Will sie sich ihr freiwillig zum Opfer darbieten? Ins Wasser gehen, wie der erbärmliche Tod durch Ertrinken so schönfärberisch genannt wird? Den Triumph gönnt sie der Hinterhältigen nicht. Es gibt schließlich angenehmere Arten, seinem Leben ein Ende zu bereiten, wenn man denn seinem Leben ein Ende bereiten will.
– Will ich? –
Doch die Frage schiebt Lena gleich wieder beiseite und hinterfragt die sprachliche Form ihres Gedankens. Wenn *man* denn *seinem* Leben ein Ende bereiten will? Wenn *frau* denn *ihrem* Leben ein Ende bereiten will, sagt Lenas seit Jahrzehnten in ihrem Gehirn automatisiert ablaufende Korrektur des *Deutschen als Herrensprache*. Lena schüttelt den Kopf. Sie ist

unverbesserlich, gesteht sie sich ein. Wieso denkt sie nicht darüber nach, ob und warum sie aus dem Leben scheiden will, sondern über die angemessene Art, es zu beschreiben? Dabei ist es nach getaner Tat vorbei mit dem Beschreiben! Wirklich und wahrhaftig vorbei. Die Vorstellung ist unfassbar. Sie kann sich vorstellen, nicht mehr zu sein. Aber sie kann sich nicht vorstellen, über ihr Nichtsein nicht schreiben zu können. Sie hat bisher ihr ganzes Leben in Schrift verwandelt. Wenn sie ihren Tod nicht in Schrift verwandeln kann, wozu soll er gut sein?

Lena bricht in Gelächter aus.

XII

Ariane sitzt in ihrem Büro im *Institut für Evolutionäre Anthropologie* und liest noch einmal in den Protokollen der letzten Kontrollversuche. Ihre Assistentin Aygün hat Alfons und Cuno, zwei lebhafte Collies, dressiert. Jedes Mal, wenn sie Aygün ihre Pfote gaben, wurden sie mit einem Hundekeks belohnt. Plötzlich hörte Aygün auf, die beiden Hunde für den ausgeführten Befehl zu belohnen. Dennoch gaben sowohl Alfons als auch Cuno noch sehr lange weiter die Pfote. Aygün hat die Versuche mit beiden Hunden zusammen und auch einzeln gemacht. Die Resultate waren gleich. Danach wiederholte Ariane die Versuche. Die beiden Hunde kannten sie nicht, sie erteilte die Befehle mit monotoner Stimme und unbewegtem Gesicht, um ihnen möglichst wenig Anreiz zu bieten, etwas ihr zuliebe zu tun. Denn das taten Hunde in erstaunlichem Ausmaß, wie sich gezeigt hatte. Den meisten, mit denen sie hier am Institut experimentierten, reichte oft schon das Lob, das freundliche Lächeln, das bestätigende Nicken eines Menschen als Belohnung. Doch auch bei Arianes emotionslosem Verhalten gegenüber den beiden Versuchstieren gaben Alfons und Cuno ihr noch lange die Pfote, nachdem sie aufgehört hatte, sie mit einem Hundekeks dafür zu belohnen.

Es klopft an der Tür und gleich darauf tritt Aygün herein.

„Ich bin soweit!"

„Dann wollen wir mal so richtig fies sein!"

Ariane geht mit ihrer Assistentin in den Versuchsraum. Aygün wird von den beiden Collies mit Schwanzwedeln und Stupsen mit der Schnauze ans Bein begrüßt. Sie streichelt die Köpfe der Hunde, führt sie an ihren Platz und gibt das Kommando „Sitz!". Danach schaltet sie die Videokamera ein, setzt sich in eine Ecke des Raums ans Kontrollpult, um die Reaktionen der Versuchshunde sorgfältig zu dokumentieren. Ariane setzt sich auf einen Stuhl vor die beiden, die sie erwartungsvoll anschauen, blickt Alfons an, streckt ihre rechte Hand aus und sagt „Pfote geben!". Sofort legt Alfons seine linke Pfote in ihre Hand. Ariane belohnt ihn mit einem Hundekeks aus einer Schüssel, die neben ihr steht. Danach dreht sie ihren Kopf zu Cuno, blickt ihn an und befiehlt auch ihm „Pfote geben!". Cuno bevorzugt seine rechte Pfote, um den Befehl auszuführen, aber das ist ohne Belang für den Versuchsaufbau. Nachdem Ariane auch ihn belohnt hat, wiederholt sie den Ablauf zehnmal. Beide Hunde führen ihre Befehle jedes Mal willig aus.

– Aber jetzt! –

Beim nächsten Mal gibt sie Cuno fürs Pfotegeben einen Hundekeks, Alfons aber geht leer aus. Nachdem sie Alfons noch viermal so benachteiligt hat, legt er seine Pfote erst nach zweimaligem Befehl in ihre Hand. Nach jeder weiteren Runde, in der Cuno belohnt wird, er aber nicht, wird er unruhiger, springt auf, setzt sich wieder, leckt sich die Lippen.

– Eindeutige Stresssymptome. –

Schließlich streikt er. Ariane kann ihn noch so oft auffordern, er gibt ihr seine Pfote nicht mehr.

– Armer Kerl! –

Ariane empfindet Mitleid mit ihm. Sie kann sich lebhaft vorstellen, wie gekränkt und beleidigt er sich fühlt und wie sehr er

sie hasst. Doch ihr Mitgefühl ist hier natürlich nicht gefragt. Als Wissenschaftlerin hat sie sich nur um das zu kümmern, was man logisch aus dem Versuchsablauf folgern kann: Da Alfons, wenn er allein war, auch ohne Belohnung weiter die Pfote gab, ebenso, wenn sowohl Cuno als auch er keine Belohnung mehr bekamen, er jetzt aber die Mitarbeit schnell eingestellt hat, kann man das zumindest als starkes Indiz dafür werten, dass er sich ungerecht behandelt fühlt. Und daraus wiederum kann man ableiten, dass er einen Sinn für Gerechtigkeit haben muss.
– Was zu beweisen war. –
Ariane beendet zufrieden das Experiment und lächelt Aygün zu. Es war das sechste in einer Reihe von Versuchen mit Hunden verschiedener Rassen, die aber immer zum selben Ergebnis geführt haben. Während Aygün die Collies zu ihren Besitzern zurückbringt, nimmt Ariane sich den Laptop, auf dem Aygün den Versuchsablauf zahlenmäßig erfasst hat, und geht wieder in ihr Büro. Sie weiß, dass sie sich auf die Exaktheit von Aygüns Angaben verlassen kann, und überträgt die Dokumentation auf ihren PC. Sie schätzt aber nicht nur Aygüns Zuverlässigkeit, sondern versteht sich auch sonst gut mit ihrer Assistentin. Sie hat auch verstehen gelernt, warum Aygün auf die reflexhaften Aufforderungen deutscher Politiker nach jedem Selbstmordattentat irgendwo auf der Welt, die Muslime möchten sich bitteschön davon distanzieren, ausgesprochen allergisch reagiert. Erst vorgestern hat Aygün sich in der Mittagspause empört:

„Stell dir vor, man würde von dir verlangen, dich von den Massakern zu distanzieren, die die christliche *Widerstandsarmee des Herrn* in Uganda verübt hat, weil du Christin bist."

„Ich bin keine Christin. Noch nicht mal eine gewesene. Meine Mutter hat mich nicht taufen lassen."

„Na gut, aber du verstehst, was ich meine, oder? Die Christen hier in Deutschland würden sich doch auch die Unterstellung verbitten, sie hätten irgendwas mit diesen durchgeknallten christlichen Gotteskriegern gemein! Aber bei Muslimen wird alles über einen Kamm geschert. Das macht mich echt wütend."

„Du fühlst dich ungerecht behandelt."

„Genau."

„Wie unsere Hunde."

Aygün stutzte, dann lachte sie.

„Menschen sind auch nur Hunde."

Ariane muss an diesen Satz Aygüns denken. Natürlich war er scherzhaft zugespitzt, aber er drückt im Kern das aus, woran sie hier am Institut gerade arbeiten. Im Menschen steckt das Tier. Und auch die menschliche Moral ist nicht aus dem Nichts entstanden. Die Vorformen wie Einfühlungsvermögen, Gerechtigkeitsgefühl und die Einhaltung sozialer Regeln sind bereits bei Tieren vorhanden. Das Tier ist kein Wesen, das nur auf Aggression und Kampf programmiert ist, wie es die Soziobiologen lange Zeit behauptet haben, sondern vor allem auf Kooperation.

– Nommens These! –

Ariane freut sich immer, wenn sie mit ihrer Arbeit etwas zu seinem Buch über *das Gute im Menschen* beitragen kann. Ganz begeistert war er über ein Beispiel für uneigennütziges Verhalten im Tierreich, das sie ihm vor ein paar Tagen zugetragen hat: Die Vampirfledermäuse in Mittelamerika saugen nicht nur Blut, sie spenden es auch! Sie würgen einen Teil ihrer Beute wieder hervor und füttern damit bei der Jagd erfolglos gebliebene Artgenossen, die sonst spätestens nach sechzig Stunden ohne Nahrung sterben würden.

„Sehr plastisch. Das werde ich auf jeden Fall verwenden, obwohl es noch unzählige andere Beispiele gibt. Laut Evolutionstheorie müssten spendable Fledermäuse, die nicht nur ihre eigenen Jungen füttern, sondern auch nicht verwandte Artgenossen, ja längst ausgestorben sein, weil sie weniger Junge großziehen als geizige."

„Entscheidend ist die Devise *Wie du mir, so ich dir,* die auch bei den Fledermäusen gilt. Geizige Artgenossen kriegen nichts oder nur selten etwas gespendet, so dass sie häufiger verhungern. Auf die Art sorgt die Evolution dafür, dass kooperatives Verhalten sich auszahlt und weitervererbt wird. Bis ins letzte Glied."

„Bis zu uns. Ja. Die Moral wurzelt tief in unserer Biologie. Das alte Bild vom Menschen als einem Wesen, in dem unter der oberflächlichen Tünche der Zivilisation das böse Tier lauert, ist vollkommen falsch. Das Gute und das Böse sind Teil unseres natürlichen Erbes. Es kommt darauf an, welches Erbe wir pflegen und weiterentwickeln wollen. Und das ist eine gesellschaftliche Frage, keine Frage der Biologie."

„So ungefähr könntest du das in deiner Einleitung schreiben! Das hört sich schon viel verständlicher an als deine ersten Entwürfe."

„Die hab ich längst gelöscht. Dank meiner klugen Kritikerin!"

Ein Lächeln erscheint auf Arianes Gesicht, wie oft, wenn sie an Nommen denkt. Er ist ein begeisterter werdender Vater. Inzwischen hat er keine Schwierigkeiten mehr, die Lebensäußerungen des Kindes in Arianes Bauch wahrzunehmen. Vorm Einschlafen legt er gern die Hand auf ihren Bauch und kommentiert andächtig die Hügel und Berge, die sich unter seiner Hand bilden.

„Nachts ist unsere Krabbe immer besonders aktiv."

„Das lässt Schlimmes für unseren Schlaf befürchten, wenn aus der Krabbe ein Baby geworden ist."

Ariane streichelt über ihren Bauch, aber zurzeit herrscht dort Ruhe. Die Krabbe schläft. Ariane weiß nicht, ob das Wesen, das in ihrem Inneren haust, männlich oder weiblich ist, sie hat ihrer Frauenärztin vor der Ultraschall-Untersuchung ausdrücklich gesagt, sie wolle es nicht wissen. Bis zur Geburt soll es *die Krabbe* bleiben und sie soll nur vom grammatischen Geschlecht her festgelegt sein. Die Bezeichnung hat natürlich Nommen geprägt.

– Typisch Sohn eines Krabbenfischers! –

Aber Ariane gefällt es, dass nicht mehr ein Anonymus mit ihnen lebt. Über einen richtigen Namen für die Krabbe, wenn sie aus ihrer Verborgenheit auftauchen wird, haben Nommen und sie lange diskutiert, Namensbücher gewälzt, waren sich einig, dass es kein Modename und kein Prominame sein sollte, nichts Überkandideltes, aber auch nichts Langweiliges.

„Vielleicht ein Name aus unseren Familien?"

– Lena? Helmut? –

„Höchstens aus deiner! Ich hab da nichts zu bieten."

Auf keinen Fall wollte Ariane, dass ihr Kind sie durch seinen Namen an ihre Mutter oder ihren Vater erinnern würde. Und mehr Namen aus der Familie kannte sie gar nicht. Doch, der Bruder ihrer Mutter hatte Hermann geheißen, von dem hatte Lena mal gesprochen, aber Hermann wäre nun bestimmt kein Name für die Krabbe, einfach scheußlich. Lenas Eltern? Die kennt Ariane aus Lenas Mund nur als *dein Großvater* und *deine Großmutter*. Nur die Namen der fiktiven Eltern der fiktiven Lara kennt sie, doch das sind mit Sicherheit nicht die richtigen. Die Namen hat Lena in ihren Romanen immer ausgetauscht.

Nommen hat keine Schwierigkeiten mit den Vornamen seiner Vorfahren:

„Mein Vater heißt Johannes, wird allerdings Johann genannt, und mein Großvater heißt Johannes und mein Urgroßvater hieß Johannes."

„Und warum heißt du nicht Johannes?"

„Weil Johannes immer der älteste Sohn genannt wurde. Der zweitälteste hieß in der Regel Nommen."

„Und der drittälteste?"

„Da wechseln die Vornamen."

„Aha. Offenbar waren die nicht so wichtig für die Familientradition."

„Was hältst du also von Johannes, wenn's ein Junge wird?"

„Hmmh. Bisschen altbacken."

„Jannes?"

„Das schon eher. Doch. Gefällt mir gar nicht schlecht."

„Es würde die Tradition der Nommensens wahren und sie gleichzeitig abändern."

„Die Krabbe wird aber keine Nommensen. Da wir nicht verheiratet sind, wird sie eine Löpersen."

„Stimmt."

„Stört dich das?"

„Nö."

– Aber mich! –

Ariane dachte zum ersten Mal darüber nach, dass sich ihr durch eine Heirat mit Nommen die Möglichkeit eröffnen würde, endlich keine Löpersen mehr zu sein. Nie wieder die Frage hören zu müssen: *Ach, sind Sie die Tochter der Schriftstellerin Lena Löpersen?* Endlich könnte sie ihre Mutter ganz und gar abschütteln. Und das wollte sie, wollte sie erst recht, seit Lena sich mit ihrem schnöden, provozierenden,

lächerlichen *Ich bin dann mal weg* abgesetzt hatte. Sie ärgerte sich noch nachträglich darüber, dass sie ihr dreimal eine E-Mail geschickt und sie gebeten hatte, sich zu melden, wenigstens ein kurzes Lebenszeichen von sich zu geben.
– Nichts. Keine Antwort. –
Offenbar wollte Lena mit ihrer Tochter nun endgültig nichts mehr zu tun haben.
– Bitteschön. Das kann sie haben. –
Ariane wird nicht einen Gedanken mehr an sie verschwenden! Wo immer sich Lena in der Welt herumtreibt, es interessiert sie nicht die Bohne! Und wenn Lena sich entschieden haben sollte, ganz und gar und endgültig weg zu sein, interessiert sie das auch nicht. Außerdem ist Lena viel zu egozentrisch, um ernsthaft daran zu denken, ihrem Leben ein Ende zu setzen, davon ist Ariane überzeugt. Da kann Lenas Gärtner noch so viel von Depressionen faseln, sie glaubt keine Sekunde daran. Lena kokettiert höchstens mit der Rolle einer vereinsamten alten Frau. Wahrscheinlich schreibt sie darüber. Und das Buch wird dann mit einem neuen Aufbruch enden. Aufbrechen kann ihre Mutter, denkt Ariane bitter, hat es ihr ganzes Leben gekonnt, aufbrechen zu immer neuen Ufern, doch ankommen kann sie nicht. Nirgends. Wohin immer sie jetzt aufgebrochen ist, es ist nur eine weitere Station auf ihrer ewigen Suche.
– Was sucht sie eigentlich? –
Ariane spürt einen heftigen Tritt gegen ihre Bauchdecke. Die Krabbe ist aufgewacht. Ariane drückt kurz gegen den kleinen Hügel auf ihrem Bauch und freut sich, dass die Krabbe sich in Erinnerung bringt. Sie wird aufhören, über ihre Mutter nachzudenken und sich ganz auf die Zukunft konzentrieren. Die Zukunft, das ist Nommen und das ist die Krabbe, wie immer sie als er oder sie heißen wird.

– Vielleicht wirklich Jannes? –
Der Name gefällt ihr immer besser, je länger sie darüber nachdenkt. Beim Nachdenken über den Namen für ein Mädchen hat sich noch kein Favorit aufgedrängt. Gesa, nach Nommens Mutter? Alwine, nach Nommens Großmutter? Oder doch einfach ein Name, der ihr gefällt, ganz ohne Familientradition?
– Schwierig. –
Sie möchte ihr Kind in die Tradition einer Familie einbetten, möchte ihm eine Herkunft, eine Geschichte mit auf den Lebensweg geben, denn wie schmerzlich hat sie selbst das vermisst! Sie hatte als einzige Wurzel ihre Mutter.
– Totalausfall. –
Sie wird sich als Mutter ihrer Verantwortung für ihr Kind stellen, vom ersten Lebenstag an, nein, schon vorher, schon jetzt. Und die Verantwortung beginnt mit der Namenswahl. *Nomen est Omen.* Sie will das denkbar beste Omen für ihr Kind. Kann das aber Gesa oder Alwine sein? Sie kann sich schon lebhaft vorstellen, wie ihre Tochter mit einem dieser Namen zum Mobbingopfer wird. Mobbing auf Facebook. Oder wo immer in zehn, fünfzehn Jahren das Mobbing stattfinden wird. Auf jeden Fall wird es Mobbing auch dann noch geben.
– That's for sure –
Es gibt das Gute im Menschen, ja. Aber eben leider nicht nur. Schon die Tiere nutzen ihre Fähigkeit, sich in andere hineinversetzen zu können, sowohl dazu, einen Artgenossen zu trösten oder ihm zu helfen, als auch dazu, ihn auszutricksen und zu täuschen.
– Wie meine lieben Raben. –
Das Einfühlungsvermögen des Menschen ist wesentlich weiter entwickelt. Und so weiß er eben auch wesentlich besser,

wie er jemanden zutiefst herabsetzen, kränken, beleidigen kann. Was du nicht willst, das man dir tu, das füg ruhig einem anderen zu.

– Solange du anonym bleibst. –

Ein lautes Bellen aus einem der Versuchsräume schreckt Ariane auf. Wohin hat sie sich in ihren Gedanken wieder verstiegen! Sie wird hier nicht bezahlt, um sich Gedanken über Mobbing an ihrer noch gar nicht geborenen Tochter zu machen, die vielleicht ein Sohn wird! Ob der es leichter hätte? Ist das Leben für einen Jungen immer noch einfacher ...

– Arbeiten! –

Ariane macht in der Luft einen Strich, verschiebt ihre Überlegungen endgültig auf die Zeit nach Feierabend und öffnet eine neue Datei in ihrem Ordner *Fairnessversuche an Hunden*.

Als sie abends nach dem Zubettgehen wie gewohnt mit Nommens Hand auf dem Gewühle in ihrem Bauch daliegt und ihm von ihren Gedanken über die Zukunft der Krabbe berichtet, steigt er sofort ein und sie spintisieren gemeinsam: Pampers oder Stoffwindeln? Nur Biokost? Kein Zucker oder nur wenig? Fernsehen nein oder ja und wenn ja, wie viel? Kita oder Kinderladen? PC-Kurs für Dreijährige oder Toben in Wald und Flur? Gymnasium oder Gesamtschule? Erst als sie lebhaft die Vor- und Nachteile von Auslandaufenthalten nach dem Abitur diskutieren, bricht Nommen in Gelächter aus:

„Ziemlich verrückt, findest du nicht?"

Ariane gibt ihm Recht. Aber es gibt so entsetzlich viel zu bedenken und zu entscheiden! Und was, wenn sie trotz bestem Willen die falschen Entscheidungen treffen?

Nommen drückt ihr einen Kuss auf die Stirn und beruhigt sie:

„Fehler sind unvermeidlich. Aber die sind letztlich völlig nebensächlich, wenn wir der Krabbe nur viel Zeit, viel Liebe

und viel Anerkennung schenken. Darauf kommt es vor allem an, davon bin ich hundertprozentig überzeugt."
– Zeit, Liebe und Anerkennung? –
Das unabdingbare Dreigestirn für ein gedeihliches Aufwachsen. Genau das, was ihr gefehlt hat, denkt Ariane und damit kehren ihre Gedanken unvermeidlich zu der Person zurück, die ihr diese elementaren Gaben vorenthalten hat: Lena Löpersen. Die Abwesende und Abweisende. Die sich kein bisschen in ihre kleine Tochter hineinversetzen konnte. Bestimmt hat ein Collie mehr Einfühlungsvermögen! Die nicht verstand, dass Ariane ihr die kalte Schulter zeigte, wenn sie nach Tagen plötzlich in *ihr Reich* eindrang und dumme Fragen nach Ergehen, Schulerfolg und Wünschen stellte. Ich wünsche mir deine Liebe? Das konnte sie dieser fremden Frau nicht sagen. Sie würde nicht um Liebe betteln, oh nein! Sie würde nicht weinen! Sie sagte nur:
„Würdest du mich bitte in Ruhe meine Hausaufgaben machen lassen!"
Mit dieser Schrumpfform einer Mutter will sie auch jetzt nichts zu tun haben.
– Würdest du mich bitte mein Leben leben lassen? –
Auch als Großmutter wird sie nicht gebraucht, diese Rolle wird Nommens Mutter bestimmt hervorragend ausfüllen, jedenfalls ist sich Nommen da ganz sicher. Lena Löpersen ist verschwunden. Bitteschön! Jetzt soll auch ihr Name endlich aus Arianes Leben verschwinden. Ariane Nommensen. Das ist die Person, die sie sein möchte. Die Frau von Nommen Nommensen. Und nicht mehr die Tochter von Lena Löpersen. Und ihr Kind soll um Gottes Willen auch kein Löpersen werden.
– Wie sag ich's? –
Ariane räuspert sich:

„Nommen?"

„Hmmh?"

„Was hieltest du davon, wenn ich so gnädig wäre, dir die vollen Rechte an deinem Kind zukommen zu lassen?"

„Noch mal für Doofe, bitte!"

„Na, ein nicht ehelicher Vater steht rechtlich immer noch schlechter da als ein ehelicher."

Nommen nimmt seine Hand von ihrem Bauch, richtet sich halb auf, dreht sich zu ihr hin und schaut ihr mit gerunzelter Stirn in die Augen.

„Soll das jetzt ein Heiratsantrag sein, oder was?"

„Warum nicht?"

„Warum?"

„Aus Liebe, vielleicht?"

„Was hat ein Behördenakt mit Liebe zu tun? Ich vertraue dir, dass du unserem Kind niemals den Vater vorenthalten wirst, was immer zwischen uns beiden geschieht. Oder?"

„Stimmt. Darauf kannst du vertrauen."

„Also wäre eine Heirat nur ein Misstrauensbeweis."

„Du verstehst mich nicht."

Ariane treten Tränen in Augen und sie dreht sich abrupt zur Seite.

„Aber Ariane! Jetzt begreif ich gar nichts mehr."

Nommen schmiegt sich von hinten an sie, drückt sie ganz fest, streichelt dann ihren Kopf, wuschelt mit der Nase in ihren Haaren.

„Irgendwie haben wir aneinander vorbeigeredet, oder? Lass uns noch mal ganz von vorn anfangen. Rational betrachtet ..."

„Nein! Nicht rational betrachten! Das ist ja das Problem!"

„Ich soll es irrational betrachten?"

„Ja."

„Puh! Wie denn das?"

Ariane dreht sich zu ihm um, küsst ihn, drückt seinen Kopf zwischen ihre Brüste, legt eine Hand an seinen Po.

„So."

Nommen lässt sich willig auf ihre Argumente ein, erwidert sie auf männliche Art, ihre Körper verständigen sich über Schamgrenzen hinweg, verhandeln mit Hand und Haut und Haar, verbandeln sich, verbünden sich, verankern sich, zündeln, flammen auf, verlöschen. Als sie wieder erschöpft nebeneinanderliegen, erklärt sich Nommen für überzeugt:

„Meinetwegen kannst du bei meiner Mutter um die Hand ihres Sohnes anhalten."

XIII

Ein paar Mal ist Ariane schon mit Nommen übers Wochenende auf der Elbe gesegelt. Aber jetzt, mit dem Beginn ihres Mutterschutzes, wollen sie nach Nordfriesland schippern, nach Pellworm, damit Ariane endlich seine Eltern kennenlernt und seine Eltern sie, die zukünftige Mutter ihres fünften Enkelkindes. Im Yachthafen Wedel hat Nommen ein Segelboot liegen, einen Hubkieler, den er, nach seinen Wünschen konstruiert und für seine Bedürfnisse ausgerüstet, auf einer kleinen Werft hat bauen lassen. Alles ist so eingerichtet, dass er das Schiff allein segeln kann, aber er freut sich, wenn Ariane ihm ein wenig zur Hand geht, soweit ihr dicker Bauch es zulässt. Sie lernt begierig die ihr völlig neue maritime Sprache, *Backbord* und *Steuerbord* kennt sie zwar als Landratte, *Luv* und *Lee* hat sie auch schon mal gehört, aber sie hatte keine Ahnung, was eine *Fock* ist, was das *Groß*, das *Achter-* oder *Vorstag*, was die *Schot*, die *Winsch*, die *Bilge* und und und. Inzwischen verwechselt sie diese Begriffe nur noch selten und weiß auch, dass sie jetzt in der *Plicht* sitzt, dem außerhalb der Kajüte gelegenen Teil des Schiffes, von dem aus Nommen die *Manntje* mit einer gemütlichen achterlichen Brise in Richtung Brunsbüttel segelt.

„Manntje? Wie bist du auf den Namen gekommen?"

Das hat sie Nommen nach ihrer ersten Besichtigung des Bootes gefragt und er hat deklamiert:

„Manntje, Manntje, Timpete
Butje, Butje in de See

Mine Fru, de Ilsebill
will nich so, as ik wohl will."

Da hat sie es erkannt, das Märchen vom *Fischer und sine Fru*, der gierigen Ilsebill, die den Hals nicht vollkriegt und am Ende im Pisspott landet.

„Vielleicht hätten die Banker, statt auf den Börsenindex zu starren, lieber Märchen lesen sollen. Dann hätten sie mehr über die Realität gewusst und nicht die halbe Welt an den Rand des Pisspotts gebracht."

Diesem Kommentar Nommens stimmte Ariane uneingeschränkt zu. Viel mehr sprachen sie nicht über die internationale Finanzkrise, die seit Monaten in den Medien alle anderen Themen in den Hintergrund drängte. Sie waren sich einig, dass die Gier nicht das wirkliche Problem war, sondern ein System, das der Gier ungehemmten Spielraum eröffnete, ja, sie ständig durch Werbung förderte, auch wenn die sich inzwischen hinter dem Tarnwort *Kommunikation* versteckte.

„Und die eklatante soziale Ungerechtigkeit in diesem System beleidigt den Affen, den Hund und den Raben in mir!"

„Nicht zu vergessen die Vampirfledermaus, Ariane."

Persönlich sind weder Nommen noch Ariane vom Aktiencrash betroffen. Sie hat sich nie von ihrem belächelten Oma-Sparbuch getrennt; er hat das Geld, das ihm sein ältester Bruder für seinen Anteil am Fischkutter ausgezahlt hat, und einen Großteil der Honorare für seinen Bestseller *Glück aus dem Gehirn* in den Bau des Bootes *Manntje* gesteckt, auf dem sie jetzt sitzen und sich vom Wind der Elbmündung entgegenschieben lassen. Er sei zwar inzwischen ein Stadtmensch und Schreibtischhengst, bekennt Nommen, aber ein Leben ohne Boot sei für ihn als Inselkind unvorstellbar. Wenn er nicht mindestens einen Monat im Jahr auf dem Wasser zubringen könne, werde er unausstehlich.

„Dein Glück kommt also nicht nur aus dem Gehirn, sondern auch vom Wasser."

„Das Wasser ist in meinem Gehirn. Genauer gesagt, die Nordsee."

„Wie der Wald in meinem. Genauer gesagt, der Sachsenwald."

Doch Bäumen begegnet Ariane in den nächsten Tagen nur in Form von Birkenstämmchen, die im Watt an den Rand von Prielen gerammt wurden, um die Fahrrinne zu kennzeichnen.

„Die heißen *Pricken*."

– Wieder ein neues Wort. –

Nach einer Übernachtung im alten Hafen von Brunsbüttel segeln sie ins Neufelder Watt, um dort auf einem Wattenhoch zu ankern. Als das Wasser sich vom Mond wegziehen lässt, liegt das Boot auf seinem Plattboden und sie können aussteigen und auf dem Watt herumlaufen. Arianes Zehen zerquetschen die Sandhäufchen der Wattwürmer und Nommen holt aus einem Priel ein urtümliches Wesen, das für Arianes Geschmack viel zu viele Beine hat. Nommen hält es direkt vor ihr Gesicht, zwei der vielen Beine sind auch noch Scheren, die bedrohlich auf- und zuklappen. Ariane kreischt:

„Nimm das weg!"

Nommen erklärt das Monstrum für absolut harmlos, ein *Dwarslöper*, wie die Plattsnacker sagen, biologisch korrekt *Carcinus maena*, die *gemeine Strandkrabbe*, von Kindern und Touristen meist *Krebs* genannt.

„Der tut nix. Der will bloß kneifen!"

Ariane entschuldigt sich für ihre einer Biologin unwürdige Hysterie, aber während sie keine Angst vor harten Rabenschnäbeln hat, flößt ihr alles, was mehr als vier Beine hat, Unbehagen ein. Und jetzt, in ihrer Schwangerschaft, verstärkt sich dieses Unbehagen noch.

– Archaisches Erbe? –

In der Nacht kommt mit der Flut ein aufbrisender Wind, der das Boot gewaltig ins Schaukeln bringt. Ariane und Nommen liegen wach in ihrer Koje, Nommen fragt ein paar Mal besorgt, ob sie *Super Pep* brauche, ein schnell wirksames Kaugummi gegen Seekrankheit, doch Ariane spürt keine Übelkeit.

„Du wirst noch ne richtige Seefrau!"

„Muss ich wohl, wenn ich mit dir leben will. Nicht nur in guten und in schlechten Tagen, sondern auch zu Lande und zu Wasser."

Die amtliche Beurkundung ihres Willens zum Zusammenhalt haben sie auf die Zeit nach der Geburt der Krabbe geschoben, im Glauben, sie hätten dann mehr Zeit. Ariane würde eine schlichte Zeremonie im Standesamt völlig ausreichen, doch Nommen hat ihr klargemacht, dass ein Nommensen nicht einfach klammheimlich heiraten könne, ohne die Schipper und Besatzungen sämtlicher Pellwormer Krabbenkutter zu brüskieren.

„Das würden meine Eltern uns nie verzeihen. Kirche muss nicht unbedingt sein, aber ohne Kutterparade darf kein Nommensen in den Hafen der Ehe einlaufen."

Als *Manntje* drei Tage später in den Hafen von Pellworm einläuft, steht Nommens Bruder Johannes, genannt John, auf dem Steg.

„Moin! Schmiet den Tampen röver!"

Während Nommen noch die Achterleinen an den Dalben befestigt, wirft Ariane John die Vorderleine zu.

– Unverkennbar, die Ähnlichkeit. –

Nach dem Festmachen geben sich die Brüder mit einem *Allens klor? Allens klor!* die Hand und auch Ariane wird mit Handschlag begrüßt:

„Du büst also uns Nommen sine Windsbrut."

– Was für ne Brut? –

Ariane lächelt verlegen, traut sich nicht nachzufragen, doch Nommen legt den Arm um ihre Schultern und antwortet für sie:

„Das ist sie, meine Braut, John. Und eine Windsbraut ist sie auch, denn sie hat mein ganzes Leben durcheinandergewirbelt."

John lacht und entschuldigt sich auf Hochdeutsch bei Ariane, dass er sie mit seinem Plattdeutsch verwirrt hat, doch sie versichert ihm, sie höre die Sprache wirklich gern, verstehe eben nur manches nicht.

„Dat löppt sich aans torecht. So, und nu kommt mit! Die Gören warten schon aufm Kutter und sind gespannt wie'n Flitzebogen auf ihre neue Tante."

– Tante! –

Tatsächlich werden Nommen und Ariane schon auf dem Weg zum Kutter von einem Pulk neugieriger Kinder umringt. Fünf davon winkt John heraus und stellt sie Ariane vor: seine beiden Sprösslinge, die Zwillinge des jüngsten der drei Brüder und die Tochter seiner Schwester. Ariane schwirrt der Kopf vor lauter Namen und Verwandtschaftsbeziehungen, aber sie freut sich über die vielen fröhlichen Gesichter. Johns ältester Sohn Johannes, genannt Jonni, nimmt sie bei der Hand und führt sie direkt vor den Kutter seines Vaters. Die *Wittsand* liegt über die Toppen geflaggt an der Pier.

„Was feiert ihr?"

Jonni schaut Ariane verwundert an.

„Na, dich natürlich!"

– Unglaublich. –

Ariane hat sich noch gar nicht von ihrer Rührung erholt, als die beiden Frauen, die leere Krabbenkisten aus einem Auto ausladen, ihre Arbeit unterbrechen, auf sie zukommen, sich als Johns Frau und seine Schwester vorstellen und sie herzlich willkommen heißen.

„Mutti wartet schon mit'm Kaffeepott, aber zuerst musst du natürlich die *Wittsand* besichtigen."

Nommen klettert auf den Kutter, reicht ihr eine Hand und zieht sie zu sich. Die Führung überlässt er dann aber gerne seinem eifrigen Neffen Jonni, der Ariane die Gerätschaften an Bord zeigt: die Kurrbäume mit den Netzen, den Kessel zum Kochen der Krabben, das Rüttelsieb. Auch im Führerhäuschen kennt er sich aus, erklärt Ariane das GPS, den Fishfinder, das Radargerät, den Kompass. Ariane hört dem Zehnjährigen zu, betrachtet jedoch gleichzeitig Nommen und John, die am Bug stehen und die Wolken betrachten.

– Nommen, der Bruder. –

Diesen Nommen lernt sie jetzt erst kennen. Er gefällt ihr, wie auch Nommen, der Seebär, mit dem sie hierher geschippert ist, ebenso wie Nommen der Sohn, den sie beim ausgiebigen Kaffeeklatsch in seinem Elternhaus in der Nähe des Hafens kennenlernt. Sie wird sich immer sicherer, dass sie auch Nommen, den Vater mögen wird.

Nommens Eltern begrüßen ihre Schwiegertochter in spe an der Haustür mit einem schlichten *Herzlich willkommen!* und bitten sie in die *gute Stuuv*, in der schon die restliche Familie eng gedrängt um einen gedeckten Tisch versammelt ist. Ariane fürchtet, begutachtet zu werden, und sofort stellt sich ihre uralte Kinderangst ein, nicht zu genügen, für nicht liebenswert befunden zu werden, und tatsächlich verweilen etliche Augen kurz taxierend auf ihr, doch sie kann in den Blicken nichts Abwertendes erkennen.

– Puh! –

Fünf Kannen Kaffee, diverse Stücke Kuchen und etliche Runden *Küstennebel* weiter, fremdelt sie schon nicht mehr, lacht mit über Anekdoten von überlisteten Touris, hinters Licht geführten Behördenschlaumeiern, vergackeierten Naturschützern, ausgebooteten Konkurrenten und in den April geschickten Nachbarn. Ariane staunt, wie die als kühl etikettierten Nordfriesen zu einem ausgelassenen Völkchen mutieren, mit vor Vergnügen kreischenden Frauen und dröhnend lachenden Männern. Sie lacht mit, zeigt, dass keine Fremde im Raum ist, dass man wirklich unter sich ist. Von Nommen fängt sie einen stolzen Blick auf.

– Ich bestehe die Prüfung! –

Als sie sich abends in dem schmalen Bett, das Jonni für sie freigemacht hat, aneinanderkuscheln, stellt Nommen befriedigt fest, dass sie sich beide wacker geschlagen und die Vorurteile seiner Verwandtschaft über weltfremde und humorlose Eierköpfe nicht allzu sehr genährt haben.

Nach drei Tagen auf Pellworm fühlt sich Ariane schon fast wie eine Nommensen. Nommens Mutter bezieht sie wie selbstverständlich in den Familienalltag mit ein. Mit ihrem offenen Lächeln, ihrer direkten Art und ihrem beherzten Umgang mit Problemen gewinnt Gesa Nommensen schnell Arianes Herz. Sie lässt sich von ihr sogar beim Apfelkuchenbacken helfen, obwohl Nommen behauptet hat, seine Mutter dulde kein Eindringen in die geheiligten Gefilde ihrer Küche.

„Was die Männer so erzähl'n, um sich vor der Hausarbeit zu drücken!"

Gesa wechselt einen verschwörerischen Blick mit Ariane und drückt ihr einen Quirl in die Hand.

„Ach, Nommen kann viel besser backen und kochen als ich."

„Wirklich? Mein Sohn?"

Na, ihr Junge habe ja auch lange alleine gelebt, räsoniert Gesa, während sie Äpfel zu dünnen Schnitzen schneidet, da habe er es wohl lernen müssen, um nicht immer nur Fertigfraß runterzuwürgen.

„Ich bin so froh, dass er dich gefunden hat, Ariane, dat glööv mi man. Seine Bücher, das is ja god un scheun, und ich denk auch bestimmt nich wie Vati, dass das keine richtige Arbeit is so am Schreibtisch zu hocken, aber ein Mann ohne Familie, das is nix auf die Dauer, de ward all schrullig oder fangt dat Supen an, nee, go mi an Land!"

Ariane lacht, schlägt Eiweiß steif und rührt danach die Butter sahnig.

„Was wird's denn: n' Jung oder ne Deern?"

„Wir lassen uns überraschen."

Das gefällt Gesa. Die jungen Frauen heutzutage seien ja so ungeduldig, auch ihre Tochter habe es nicht abwarten können und ewig diese Ultraschallbilder rumgezeigt, auf denen man ja doch nix erkennen könne, aber die Zeiten würden sich nun mal ändern, heute bringe ja auch kaum noch eine Frau ihr Kind zuhause zur Welt.

„Nommen ist hier geboren?"

„Inne Schlafstuuv. Alle meine vier Gören. Hat nie Probleme gegeben. Unse Inselhebamme verstand ihr Handwerk, is ja nu auch schon dot, leider. Heute gehn die Frauen ja alle inne Klinik aufm Festland und denn am liebsten noch ne Geburt per Kaiserschnitt und denn das Lütte gleich anne Flasche, dasset den kostbaren Busen nich versaut, das is doch Mist is das!"

Ariane erzählt Nommens Mutter, dass sie sich in Hamburg in einem Geburtshaus angemeldet haben. Da würden sie bei einer natürlichen Geburt unterstützt, aber wenn wirklich etwas schief gehe, seien sie in maximal zehn Minuten in der Uniklinik. Das scheine ihr ein vertretbarer Kompromiss, denn eine Hausgeburt mit ihren vierunddreißig Jahren, das traue sie sich nicht zu.

Nommens Mutter nickt zufrieden. Ariane gibt Eigelb und Zucker an die sahnig gerührte Butter, Gesa schüttet langsam Mehl dazu und gießt Milch hinein. Als der Teig fertig ist, verteilt Gesa ihn mit den Händen auf zwei Backbleche, bevor Ariane und sie den Teig mit den Apfelschnitzen belegen. Danach schiebt Gesa die Bleche in den Backofen, setzt sich wieder an den Tisch, schenkt Ariane eine Tasse Ostfriesentee ein und stellt ihr die Frage, vor der die sich schon gefürchtet hat:

„Nu sach mal, Deern, was sacht denn deine Mutter zu ihrm ersten Enkelkind? Die kannes doch bestimmt kaum erwarten, was?"

– Sie weiß es ja nicht mal! –

Ariane hat in Hamburg ein Telefongespräch mitgehört, bei dem Nommen seiner Mutter ein wenig über ihre Familie erzählte. Arianes Vater sei Frauenarzt gewesen, aber leider schon verstorben, und ihre Mutter eine Schriftstellerin, die von Gröde stamme. Vor allem das Letztere hat seine Mutter offenbar besonders interessiert, denn er hat es mehrmals wiederholt.

– Ich will nicht über Lena reden! –

Arianes unseliges Verhältnis zu ihrer Mutter soll nicht ihr trautes Beisammensein mit Nommens Mutter stören. Und außerdem kommt ihr ihre eigene Geschichte hier in dieser backofenwarmen Küche mit ihren blauweißen Friesenkacheln aus dem 18. Jahrhundert unpassend vor. Natürlich lebt auch

Gesa Nommensen im 21. Jahrhundert und Nachrichten über die Möglichkeiten der modernen Fortpflanzungsmedizin sind auch auf Pellworm angekommen, aber trotzdem mag Ariane nicht über ihr Leben sprechen, in dem eine, wenn auch nur vermeintliche, künstliche Befruchtung eine Rolle spielte. Und sie will auch nichts über eine Mutter erzählen, die aus was für schrägen feministischen Gründen auch immer keinen Vater für ihr Kind wollte, über eine Mutter, die sich für Kind und Karriere entschied, tatsächlich aber nur für ihre Karriere lebte, über eine Mutter, die sich mit einem zynischen Kommentar aus dem Leben ihrer Tochter verabschiedet hat, nachdem sie darin nie wirklich anwesend war. Das alles muss Gesa Nommensen sehr befremdlich erschienen und damit würde ihr Ariane selbst vielleicht auch wieder fremd werden, wo sie es doch gerade genossen hat, sich so selbstverständlich angenommen zu fühlen.

– Go to hell, Lena! –

Da sie aber auch nicht lügen will, nicht mehr lügen kann, weil Nommen inzwischen ihre ganze Geschichte kennt und sie nicht dabei ertappt werden möchte, seiner Mutter etwas vorzulügen, laviert sie sich mit Informationen durch, die alles in einem möglichst normalen Licht erscheinen lassen. Ihre Mutter wisse noch gar nichts von einem zu erwartenden Enkelkind, weil sie sich auf eine Reise begeben habe, nein, eine Verbindung zu ihr bestehe zurzeit nicht, sie wolle mal ganz frei von allem sein, zu sich selbst finden, wie das heutzutage so Mode sei, aber wenn sie wieder zurück sei, werde sie sich bestimmt über ihr Enkelkind freuen.

– Wird sie zurückkommen? –

Gesa nimmt diese Auskünfte schweigend und mit einem skeptischen Blick zur Kenntnis, während Ariane einfach wei-

terredet, auf die Herkunft ihrer Mutter von der Hallig Gröde zu sprechen kommt, in der Hoffnung, dass Gesa sich darauf konzentriert, das ist unbelastetes Terrain, daran gibt es nichts Fremdartiges, im Gegenteil, rückt Ariane als Nachkommin einer Nordfriesin doch noch näher an die Nommensens heran!
„Und du büst da noch nie wesen?"
„Nein."
„Dann schippert doch mal rüber! Da kannst ja hinspucken."
„Wohin soll'n wir schippern?"
Nommen ist eben in die Küche getreten, beugt sich zu Ariane hinunter, gibt ihr einen Kuss und sieht seine Mutter fragend an:
„Na, nach Gröde! Da hast du dir ne halbe Nordfriesin angelacht, und die kennt ihre Heimat noch nich mal!"
„Meine Heimat ist der Sachsenwald."
„Aber interessiert dich das denn gar nich, wo deine Mutter herkommt?"
– Nicht wirklich. –
Doch Nommen ist sofort begeistert vom Vorschlag seiner Mutter:
„Das ist ein toller Segeltörn nach Gröde rüber. Das machen wir! Am besten gleich morgen. Da können wir die Morgentide für die Hinfahrt und die Abendtide für die Rückfahrt nutzen. Was meinst du, Ariane?
„Warum nicht?"
– Warum? –
Am nächsten Morgen strahlt die Sonne und es weht ein mäßiger Westwind. Das sei optimal für einen Törn nach Gröde, erklärt Nommen Ariane, mit halbem Wind hin und mit halbem Wind zurück, ein Kinderspiel, unter solchen Bedingungen habe er die Strecke schon als Schuljunge mit seinem Piraten bewältigt. Ariane spürt seine Ungeduld. Nach vier Tagen im

Hafen will er endlich wieder unter Segeln sein, will hinaus aufs Wasser. Er verspricht ihr einen wunderbaren Törn und einen traumhaften Tag und so legen sie gleich nach dem Frühstück ab und segeln zuerst an der Hallig Nordstrandischmoor vorbei, auf der Lena ihre Romanfigur Lara angesiedelt hatte, so dass alles, was Ariane über das Leben auf einer Hallig weiß, von diesen Schilderungen stammt. Nommen holt die Fock dichter und erklärt mit Blick auf die im Perspektivwechsel scheinbar ihre Lage vertauschenden vier Warften der Hallig:

„Nordstrandischmoor ist auf seine Art auch interessant, aber längst nicht so schön wie Gröde. Es ist größer, hat einen Gasthof und einen Schienendamm zum Festland, aber nicht annähernd so viele Salzwiesen. Gröde ist ursprünglicher, komplett meerumschlungen und im Sommer in ihrem Halligflieder-Outfit wie eine Königin im Festtagsgewand."

„Du kommst ja richtig ins Schwärmen! Muss ich eifersüchtig werden?"

„Ja."

Nachdem sie die kleine Hallig Habel passiert haben, die nur von einem Vogelwart bewohnt wird, führt ein Prickenweg sie direkt in den Gröder Halligpriel hinein. Nommen macht das Boot an einem der zwei Anleger fest, zieht sich aus, wirft sich ins Wasser und ruft Ariane zu:

„Komm! Solange noch Wasser da ist! Es ist wirklich erfrischend!"

Ariane folgt seinem Lockruf, klettert auf der Heckleiter nach unten, bis ihre Füße das Wasser berühren.

– Brrrr! –

„Erfrischend? Eiskalt!"

„Nur im ersten Moment!"

Ariane überwindet sich und nach vier, fünf Schwimmstößen gibt sie Nommen Recht.
– Herrlich! –
Nach dem Bad machen sie sich auf zum Landgang. Und auch jetzt muss Ariane Nommen Recht geben. Vor ihren Augen liegt das Festtagsgewand einer Königin ausgebreitet, durchwirkt mit silbernen Einsprengseln glänzt es mal im hellen, mal im dunklen Violett des Halligflieders in der Sonne.
„Das Silberne ist Strandwermut."
Nommen pflückt ein Blatt der Salzwiesenpflanze ab, zerreibt es zwischen seinen Fingern und hält es Ariane unter die Nase:
„So riecht Gröde!"
„Hmmh. Herb-würzig. Das gäbe ein tolles Herrenparfüm ab."
„Gott sei Dank steht die ganze Salzwiesenflora unter strengem Naturschutz."
„Und du pflückst einfach so ein Blatt ab?"
„Vom Sommerdeich. Der wird sowieso gemäht."
Ariane hat ihre Digitalkamera mitgenommen und versucht, das provenzalische Violett mitten in der graublauen norddeutschen Landschaft auf ein Bild zu bannen, doch sie erkennt schnell, dass sie sich auf ihr Erinnerungsbild wird verlassen müssen, wenn sie den Eindruck, den es auf sie macht, reproduzieren will. Sie steckt die Kamera wieder ein und Nommen und sie wandern auf dem Sommerdeich weiter, bis sie auf eine schmale asphaltierte Straße kommen, die direkt zu den beiden Warften führt. Mitten auf der Straße stehen Kühe, kümmern sich aber nicht um die beiden Menschen, die sich an ihnen vorbeischlängeln. Bei den Warften angekommen fragt Nommen Ariane, was sie zuerst besichtigen will, die Kirchwarft oder die Knudswarft?

„Die Kirchwarft."

Auf dem kleinen Friedhof der Kirchwarft entdeckt Ariane sehr schnell das Familiengrab der Löpersens und studiert die Namen und Lebensdaten.

„Hermann Löpersen, das muss der Bruder meiner Mutter sein, also mein Onkel. Und Johannes Löpersen, das ist dann wohl mein Großvater."

„Der heißt auch Johannes? Also führt wohl jetzt endgültig kein Weg daran vorbei, dass unsere Krabbe ein Jannes wird."

„Oder ein Hannes."

„Oder ein Mädchen."

Nommen legt den Arm um Ariane. Ariane zieht ihn weg von dem Grab.

– Hier spukt Lenas Geist herum. –

Während sie an den anderen Gräbern vorbeiwandern, lässt Nommen sich darüber aus, wie viele Varianten und Kurzformen der Name Johannes doch bereithält, und zählt Johann, John, Johnny, Jonni, Jon, Jan, Jannes, Hannes, Hans auf. Ariane legt ihre Hände auf ihren Bauch und wendet sich der kleinen Kirche zu, die von außen romantisch wirkt. Doch als Nommen und sie hineingehen, fühlen sie sich beklommen. Der modrige Geruch, das dämmrige Licht, die düsteren Ölgemälde und die naiven Holzschnitzereien treiben sie bald wieder hinaus ins Sonnenlicht.

„Auf zur Knudswarft!"

„Leben da nicht noch welche von der Familie Löpersen? Ein Onkel oder Cousin oder sonst was von deiner Mutter? Das hast du doch erzählt, oder?"

„Ja. Mag sein."

„Und du willst sie nicht vielleicht …."

„Nein!"

– Bitte versteh mich! –
Nommen blickt ihr aufmerksam ins Gesicht.
„Dumme Idee von mir, hmmh?"
Ariane nickt.
„Keine Angst. Ich werde dein Inkognito nicht lüften. Komm, spucken wir mal in den Fething."
Ariane atmet erleichtert auf. Gröde ist ein schauenswertes Ausflugsziel, aber mehr soll es auf keinen Fall sein. Sie will hier nicht an Fäden anknüpfen, die längst gerissen sind. Hier läuft eine zukünftige Ariane Nommensen herum, die von der absterbenden Ariane Löpersen nichts mehr wissen will.
– Breakin' through to the other side! –
Ariane und Nommen gehen die kurzen Wege zwischen den vier Häusern auf der Knudswarft ab, schnuppern an den Heckenrosen, die rund um den Fething wachsen und kaufen sich ein Eis an Monikas Kiosk, den die Frau des Bürgermeisters gerade geöffnet hat, denn die ersten Wattwanderer sind in Sicht. Eine Schlange von über hundert Menschen nähert sich der Knudswarft. Nommen schlägt vor, die Flucht zu ergreifen. Sie gehen zurück zur Kirchwarft, schräg die Warft hinunter, benutzen einen Übertritt, um über den Zaun zu klettern und laufen auf einem Trampelpfad quer über die Salzwiese zum Fähranleger. Dort steht noch Wasser, aber rundherum hat sich das Watt erhoben. Kein Schiff kann jetzt hier anlegen. Nommen und Ariane gehen auf der Steinböschung um die Hallig herum, über ihnen fliegen Möwen, Seeschwalben und Austernfischer und geben sehr unterschiedliche Stimmen in dem Vogelkonzert ab, das ihren Gang begleitet. Immer mal wieder bleiben sie stehen und sehen aufs Watt hinaus, Nommen erklärt Ariane, was sie in der Ferne sieht: die Hallig Oland, das Festland, die Hallig Habel. Als sie die Steinböschung verlassen,

um über den Sommerdeich zurück zu *Manntje* zu gehen, sieht Ariane draußen im Watt vor den Lahnungsfeldern eine Frau, deren Silhouette sie an Lena erinnert.
– Im Watt spukt sie auch herum. –
Nommen folgt ihrem Blick.
„Hast du Lust, ein Stück ins Watt rauszuwandern?"
„Nein, ich fühl mich ziemlich erschöpft. Lass uns zurück an Bord gehen."
Mit der Abendflut verlassen sie die Hallig wieder. Der Wind ist immer noch handig, Nommen hat nicht viel mit den Segeln zu tun und Ariane blickt nachdenklich auf das entschwindende Gröde zurück. Nommen lächelt sie an:
„Nun, was sagst du zu meiner Königin? Ist sie die Schönste im ganzen Meer oder nicht?"
„Ein Paradies. Vollkommen unbegreiflich, dass es für meine Mutter eine Kindheitshölle gewesen sein soll. So hat sie's jedenfalls in ihrem Buch *Aufbruch* beschrieben."
– Verdammt, sie hat sich an Bord geschlichen. –
Anders kann sich Ariane nicht erklären, dass sie schon wieder an ihre Mutter denkt. Warum kann sie sie nicht vergessen, wo sie doch offenbar vergessen werden will? Nicht ein einziges Mal hat sie sich gemeldet aus ihrem *Wegsein*! Ariane konzentriert sich auf Nommen, der zu erklären versucht:
„Na ja, es ist nicht immer Hochsommer. Das Leben in den trüben Herbstmonaten oder im Winter stellt sich auf einer Hallig ganz anders dar. Ich möchte dann nicht dort leben, muss ich zugeben."
„Ich glaube, ihr Problem war nicht die Natur."
„Die Menschen?"
„Die Familie."
„Da liegt immer der Ursprung aller Probleme."
„Aber muss das so sein?"

XIV

Lena geht nach dem Frühstück in ihr Wohnzimmer und fährt den PC hoch. Vor zwei Wochen hat sie eine der beiden Ferienwohnungen der Löpersens für unbestimmte Dauer gemietet und muss nicht mehr bei ihnen im Haus leben. So freundlich alle zu ihr sind, sie ist es einfach nicht mehr gewöhnt, mit anderen Menschen in einem Haus zusammenzuleben. Sie will beim Frühstück kein verträgliches Gesicht machen müssen, will nicht über Schafskrankheiten reden, während sie darüber nachdenkt, ob das ganze menschliche Leben nicht eine Krankheit ist, eine Krankheit zum Tode. Sie will den ganzen Tag im Bett liegenbleiben, wenn ihr danach ist, ohne dass jemand sie fragt, ob es ihr nicht gut gehe.

– Ich will es mir schlecht gehen lassen. –

Lena versucht, ihre Mailbox zu öffnen. Sie hat Schwierigkeiten mit dem Doppelklick, ihr arthritischer Zeigefinger schafft es nicht schnell genug. Sie vermisst ihren eigenen PC, den Ahmed ihr für ihre geringen Bedürfnisse und rudimentären Fähigkeiten eingerichtet hat. Auf ihrem PC zuhause nutzt sie nur das Textverarbeitungsprogramm und die E-Mail-Funktion. Sie ist eben ein Relikt aus der analogen Welt, das weiß sie, eine aussterbende Art. Nach etlichen Versuchen schafft sie endlich den Doppelklick, erinnert sich sogar an ihr Passwort, ohne erst in ihrem Kalender nachschauen zu müssen, und gelangt an ihr Postfach, in dem sie unter lauter Spam eine tatsächlich für sie bestimmte Mail von Ahmed findet.

Der Schaden am Dach sei repariert, liest sie, und von dem Geld, das sie ihm angewiesen habe, sogar noch etwas übrig. Ansonsten sei alles in Ordnung, im Garten blühten die Astern wunderschön und nicht nur das Haus warte auf ihre Rückkehr, sondern er auch.
– Ahmed wartet auf mich! –
Ein zynisches Lächeln erscheint auf ihrem Gesicht. So tief ist sie gesunken, dass sie sich darüber tatsächlich freut! Ahmed, ihr letzter Freund? Aber nur, solange ihr Geld für seinen Lohn reicht.
– Oder? –
„Außerdem hat deine Tochter sich erkundigt, ob ich ein Lebenszeichen von dir habe. Ich habe ihr gemailt, dass du wohlauf bist, ich aber auch nicht weiß, wo du steckst. Ich glaube, sie wartet dringend auf eine Nachricht von dir! Herzliche Grüße, Ahmed."
Verärgert schließt Lena ihre Mailbox. Ariane wartet bestimmt nicht auf eine Nachricht von ihr. Das ist bloß wieder Ahmeds Familienzusammenführungstick. Wahrscheinlich ist Ariane froh, dass Lena aus ihrem Leben verschwunden ist. Das Einzige, was sie in den letzten Jahren noch verband, waren Telefongespräche, die sie wahrscheinlich beide als lästig empfanden. Aus der Ferne ließ sich keine Nähe herstellen. Entweder redeten sie Belangloses oder sie stritten sich. Drei Mails hat Ariane ihr geschickt, alle, kurz nachdem sie weggegangen war, alle mit der stereotypen Aufforderung *Bitte melde dich!*. Seitdem nichts mehr. Wenn es ihr wirklich wichtig wäre, würde sie es auch jetzt noch versuchen und würde vielleicht auch mal etwas mehr als immer nur *Bitte melde dich!* schreiben. Warum sollte Lena sich melden?
– Das ist hier die Frage. –

Lena schaltet den PC aus. Sie holt ihre Jacke aus ihrem Zimmer und macht sich auf ihren täglichen Rundgang um die Hallig. Für Oktober ist es noch warm, nur wenige Wolken verdecken ab und zu die Sonne. Der Halligflieder ist verblüht, dafür sind die Wiesen wieder voll mit Ringelgänsen.
– Wie bei meiner Ankunft. –
Doch die Ringelgänse haben in der Zwischenzeit auf der nordsibirischen Halbinsel Taimyr ihr Brutgeschäft erledigt, während sie nur Tag für Tag um die Hallig gelaufen ist und sich in sinnlose Grübeleien über ihr Leben verstrickt hat. Jetzt werden die Gänse sich bis in den November hinein wieder fett fressen, um sich danach auf den Weg gen Frankreich, die Niederlande oder Großbritannien zu machen.
– Und ich? –
Lena weiß noch immer nicht, wohin ihr Weg sie führen soll. Zurück in ihre Villa in Dassendorf? In die weite Welt hinein? Ins Wasser? In die Literatur? Oder soll sie einfach auf Gröde bleiben, bis sie tot umfällt, um dann im Familiengrab neben ihrem Vater und Hermann beerdigt zu werden? Sie wandert den Sommerdeich entlang und hat keinen Blick für die Natur. Sie redet, mal laut, mal leise, mit ihren Eltern, ihrem Bruder, mit Ingrid und Helmut, mit Lothar und mit Ariane. Sie wandert bis zu der Bank, die Henning an der Stelle der Hallig hingestellt an, wo die Wattwanderer ankommen, schiebt eine liegengelassene Zeitung beiseite, setzt sich hin, blickt aber nicht hinüber nach Habel oder hinaus aufs Watt, sondern sieht nur den Reigen, den die Gespenster ihres Lebens in ihrem Kopf veranstalten. Sie tanzen so lange, bis Lena erschöpft zu der Zeitung neben sich greift, um sich eine Verschnaufpause zu verschaffen, sich für wenige Momente abzulenken.
– Ach, bloß *Der Nordfriesische Inselbote*! –

Erst will Lena das wöchentlich erscheinende Touristenblättchen wieder weglegen. Das besteht ja fast nur aus Anzeigen und Veranstaltungstipps neben wenigen Artikeln über das lokale Leben. Doch dann bleibt ihr Blick auf dem Farbfoto auf der Titelseite hängen. Von einem mit Tannenzweigen, Fähnchen und bunten Schleifen geschmückten Krabbenkutter winkt ihr eine Frau in der Festtracht der Pellwormerinnen zu.

– Ariane! –

Nein, das kann natürlich nicht sein, aber die Ähnlichkeit ist schon frappierend. Neben der Frau steht ein Mann mit einem Baby im Arm. Lena liest die Schlagzeile *Kutterparade auf Pellworm* und die Unterzeile *Krabbenfischer feiern Hochzeit*.

– Wie romantisch! –

Sie überfliegt den Artikel, *Kutterparade zu Ehren der Hochzeit von Nommen Nommensen, dem zweitältesten Sohn des Krabbenfischers Johann Nommensen.*

– Aha, wie äußerst interessant. –

Der Bräutigam ist ein bekannter Sachbuchautor und seine Braut Ariane ...

– Ariane! –

Schlagartig begreift Lena, dass sie einen Artikel über die Hochzeit ihrer Tochter liest. Sie starrt auf das Foto, doch in ihrem Kopf ist nur Leere. Der Gespensterreigen ist verstummt, die Vergangenheit zum Schweigen gebracht durch ein Bild aus der Gegenwart. Erst nach minutenlangem Anstarren dieses Bildes regen sich langsam erste Gedanken, gelangt ihr Hirn zu Schlussfolgerungen, die sich bestätigen, nachdem sie den ganzen Artikel gelesen hat. Ariane ist nicht nur die Braut, sie ist auch Mutter, die Mutter des Babys, das ihr Bräutigam auf dem Arm hält und das Maike heißt.

– Maike. –

Ariane hat eine Tochter. Maike. Und das ist ihre Enkeltochter, erkennt Lena, ohne es begreifen zu können. Sie ist Großmutter.
– Oma. –
Nein, das ist unvorstellbar. Selbst wenn es Tatsache ist, ist es Fiktion. Sie kann sich nicht als Oma sehen. Sie hat mit dieser Maike nichts zu tun. Was denn?
– Soll sie Ausgehjäckchen stricken? –
Lena spuckt auf den Boden neben der Bank. Sie ist nicht Mutter, sie ist nicht Oma, sie ist weg und sonst gar nichts. Ariane hat sich bei Ahmed erkundigt, ob es ein Lebenszeichen von ihr gebe? Wie schön! Sie weiß also, dass Lena noch lebt, ja, dass sie jederzeit per Mail erreichbar ist. Und? Sie hat ihr nicht geschrieben. Sie hat ihr nichts mitgeteilt. Nichts von einem Mann in ihrem Leben, nichts von einer Schwangerschaft, nichts von Geburt und Hochzeit.
– Ich habe verstanden. –
Lena zerknüllt die Zeitung, steckt sie in ihre Jackentasche und wandert zurück zur Warft. Auf dem Weg begegnet sie der Lehrerin mit ihrem Hund. Sie wechselt ein paar Worte über das Wetter mit ihr, streichelt kurz Cindy und geht weiter. Auf der Knudswarft angekommen, stopft sie den *Nordfriesischen Inselboten* in den Papierkorb neben Monikas Kiosk und begibt sich in ihre Ferienwohnung, um sich angezogen auf ihr Bett zu legen. Zwei Tage und Nächte steht sie nur auf, um auf die Toilette zu gehen oder ein paar Schlucke Wasser zu trinken. Ihre Gedanken kreisen darum, dass sie all ihre verbliebene Kraft aktivieren müsste, um endlich Schluss zu machen mit einem Leben, das für niemanden mehr sinnvoll ist, für sie selbst am allerwenigsten.
– Tu's doch endlich! –

Doch sie kann nur liegenbleiben, ausgeliefert dem Gedankenkarussell, das ihr ihr Leben in den düstersten Farben wieder und wieder vor Augen führt. Sie hat alles falsch gemacht, sie ist eine komplette Versagerin, Ariane hat sie völlig zu Recht aus ihrem Leben ausgestoßen. Soll sie glücklich werden mit ihrem Mann und ihrer Maike und ihre Mutter vollständig vergessen, die hat es nicht anders verdient.

– So haben wir nicht gewettet! –

Am dritten Tag bremst eine unerwartete Kraft das Gedankenkarussell ab. Irgendwo müssen noch Reserven ihrer alten Fähigkeit zum Protest, zum Aufbegehren in ihr geschlummert haben. Plötzlich wehrt sie sich dagegen, ihr Leben in diesem negativen Licht zu sehen.

– So war es ja gar nicht! –

Aber so sieht Ariane es. Schwarzweiß. Schwarz Lena, Weiß Ariane. Dieses Bild wird Lena nicht länger übernehmen!

– Schluss! Aus! –

Sie hat Fehler gemacht, sie hat in vielem versagt, aber Ariane auch! Am liebsten würde sie ihrer Tochter in einem langen Brief einmal deren schwarze Seiten vor Augen führen.

– Das Falscheste, was du tun kannst! –

Lena verwirft die Idee sofort wieder. Das ist es ja auch gar nicht, was sie wirklich will. Sie will nicht Ariane anklagen. Im Gegenteil. Sie möchte, dass ihre Tochter ein bisschen Verständnis für sie aufbringt, auch einmal die Dinge aus ihrer Sicht betrachtet, sich in ihre Mutter hineinversetzt.

– Schwierig. –

Könnte sie es denn selbst? Sich in Ariane hineinversetzen? Vielleicht sollte sie es einfach mal versuchen? Sich Ariane in der Phantasie annähern? Aufhören, immer neue Versionen ihres eigenen Lebens zu schreiben, sondern das Leben aus Arianes Sicht beschreiben? Vielleicht bringt sie das ihrer Tochter auch in der Realität wieder näher?

– Du schickst ihr besser einen Glückwunsch! –

Irritiert lauscht Lena dieser Stimme in ihr. Nein, das kann sie nicht. Was, wenn Ariane nicht antwortet? Es nicht als Versöhnungsangebot, sondern als Provokation empfindet?

– Wie empfindet Ariane? –

Das muss sie versuchen, sich vorzustellen. Ein ungeheurer Energieschub treibt sie zuerst unter die Dusche und danach an den Schreibtisch. Sie legt sich ein Blatt Papier zurecht, vermisst dann aber ihren Füllfederhalter, mag nicht mit einem Kuli oder Bleistift schreiben.

– Warum nicht gleich in den PC? –

Das hat sie noch nie gemacht, hat immer zuerst mit der Hand geschrieben, aber warum nicht etwas Neues ausprobieren? Sie hat ja auch noch nie versucht, sich vorzustellen, was Ariane empfindet, es sich ernsthaft vorzustellen und das heißt für sie: literarisch. Neuer Inhalt, neue Form.

Lena fährt den PC hoch, öffnet eine Worddatei und starrt auf die Simulation eines weißen Blattes. In ihrem Kopf erscheint eine junge Frau, die immer wieder darauf angesprochen wird, ob sie die Tochter der berühmten Schriftstellerin Lena Löpersen ist. Das fühlt sich nicht gut an. Das fühlt sich sogar richtig mies an. Diese Leserinnen haben ja keine Ahnung, wer Ariane wirklich ist. Sie ist doch ganz anders als die Phantasietochter ihrer Mutter! Sie kommt in den Fiktionen, in die sich ihre Mutter geflüchtet hat, doch gar nicht vor! Voller Empörung tippt Lena:

Sie kennen mich nicht

Birgit Rabisch

Die vier Liebeszeiten
Die Bundesrepublik 1970 – Zeit der Umbrüche, Zeit der Aufbrüche – der Wind eines politischen Frühlings weht durch das Land. Auch die Liebe zwischen Rena und Hauke blüht im Mai dieses Jahres auf. Der Frühling ist aber nie die einzige Jahreszeit der Liebe ...

Paperback. 192 Seiten / ISBN 978-3-946086-13-0

Die Geschichte von Rena und Hauke geht weiter, entfaltet sich dort, wo die gängigen Liebesromane mit einem Happy End ausklingen und gibt dem Leser die Gelegenheit, eine gelingende Liebe durch ihre vier »Liebeszeiten« hindurch zu erleben: vom Zauber des Anfangs bis zur Auseinandersetzung mit Alter und Tod. Wie beiläufig zeichnet Birgit Rabisch dabei ein Porträt der 68er-Generation jenseits politischer Klischees. Nicht zuletzt ist der Roman eine Hommage an die norddeutsche Landschaft und das Wattenmeer, das im Wandel der Gezeiten Kraft und Gleichmut schenkt.

Verlag duotincta

ÜBERALL IM BUCHHANDEL!

Buchtrailer, Leseprobe und vieles mehr ...
www.duotincta.de

Frank O. Rudkoffsky

Dezemberfieber
Voller Melancholie und trotzigem Humor erzählt Dezemberfieber von seelischen Abgründen und Menschen, die an ihrer eigenen Sprachlosigkeit zu scheitern drohen.

Paperback. 320 Seiten / ISBN 978-3-946086-02-4
E-Book. ISBN 978-3-946086-03-1

Statt eines entspannten Urlaubs mit Freundin Nina erlebt Bastian in Thailand sein ganz persönliches Fegefeuer: Rastlos sitzt er auf glühenden Kohlen im Paradies, geplagt von Erinnerungen an seine Kindheit in einer zerbrechenden Familie. Als er auf eine rätselhafte Botschaft in einem Bücherregal stößt, nimmt die Reise eine unerwartete Wendung: Was als Geocaching-Abenteuer durch Thailands Nationalparks beginnt, endet für Bastian in einer selbstzerstörerischen Konfrontation mit seiner eigenen Schuld ...

ÜBERALL IM BUCHHANDEL!

Buchtrailer, Leseprobe und vieles mehr ...
www.duotincta.de

Stefanie Schleemilch

Letzte Runde
Stefanie Schleemilch beschreibt manchmal düster und melancholisch, manchmal kühl und distanziert, nie aber dem Klischee verfallend, wie ein Individuum im Angesicht der Auflösung dem Tod begegnet.

Paperback. 152 Seiten / ISBN 978-3-946086-04-8
E-Book. ISBN 978-3-946086-05-5

László, der in jungen Jahren aus Ungarn in die Schweiz geflohen ist, sitzt in seiner leeren Wohnung und wartet auf einen jungen Mann. Auf dem Tisch stehen ein paar Flaschen Portwein und Brandy, daneben liegt ein Stapel Manuskripte von Dominik: Das Vermächtnis von Lászlós altem Freund, das er vor der Vernichtung bewahren möchte und deshalb ausgerechnet einem Unbekannten überlassen muss. Aus der Begegnung wird ein Gespräch, das eine Verbundenheit offenbart, die alles in ein anderes Licht taucht:

Vor dem Antritt seiner letzten Fahrt reist László in die eigene Vergangenheit und beginnt an die letzten Geheimnisse seines Lebens zu rühren, ein Leben, das sich aus Scheitern, Liebe, Schuld und Ideologie formte.

Verlag duotincta

ÜBERALL IM BUCHHANDEL!

Buchtrailer, Leseprobe und vieles mehr …
www.duotincta.de

Wolfgang Eicher

Die Insel

Da liegt einer. Es ist ein Krankenhaus. Er weiß etwas. Darum ist er hier. Die Insel hat ihn entwurzelt. Ich mag ihn küssen. Ich habe mich verliebt.

Paperback. 244 Seiten / ISBN 978-3-946086-07-9

Er ist vom Meer gekommen. Ich war noch nie am Meer. Ich werde ihm meine Geschichte erzählen, und er mir die seine. Dann werden wir aus unseren Geschichten ausbrechen. Wir werden ein Abenteuer wagen. Das Abenteuer trägt die Namen Liebe und Leben.
Noch glaubt er daran nicht. Er ist neu hier. Er muss noch schlafen. Er muss sich erholen. Ich lausche seinen Atemzügen.
Wenn er mir das Meer zeigt, werde ich ihn heiraten. Er wird mir ganz sicher das Meer zeigen. Das Meer ist nämlich schön, wunderschön.
Ob ich mich ein wenig zu ihm legen kann?
Achtung, da kommt die Schwester!

ÜBERALL IM BUCHHANDEL!

Buchtrailer, Leseprobe und vieles mehr …
www.duotincta.de

Katharina Gerwens

Gerlinde Gerlach
und der Tanz der Tierchen

Katharina Gerwens ist nicht nur für ihre im Piper Verlag erschienenen Krimireihen (Kleinöd; Kalverode) bekannt, sondern auch dafür, dass sie auf ihre kauzig-merkwürdigen Figuren mit viel Einfühlungsvermögen das Licht des Alltags wirft, um dessen zuweilen verdeckte Absurdität zu enthüllen.

Paperback. 356 Seiten / ISBN 978-3-946086-09-3

Die Liebe und wo sie hinfällt! Ein kleines Abenteuer mit dem berühmten Schlagersänger Amosh White reichte und Gerlinde Gerlach war hin und weg. Eine gewöhnliche Frau hätte diese Erinnerungen bewahrt und in ihrem Herzen bewegt. Nicht aber Gerlinde! Sie kämpft um ihre Liebe und schleust sich geschickt als Gesellschafterin getarnt in das Gut von Wistinghausen, einer Luxusresidenz für Senioren, ein, als sie in Erfahrung bringt, dass ein Elternteil des Schlagerstars dort inkognito lebt. Eine skurrile Komödie nimmt ihren Lauf, die weder vor der Tierwelt, noch dem Reich der Engel halt macht und die dämonische Direktoren, spleenige Senioren, sanfte Stalker und Mörder wider Willen in einem Gerwens'schen Reigen über die Blätter tanzen lässt.

Verlag duotincta

ÜBERALL IM BUCHHANDEL!

Buchtrailer, Leseprobe und vieles mehr ...
www.duotincta.de

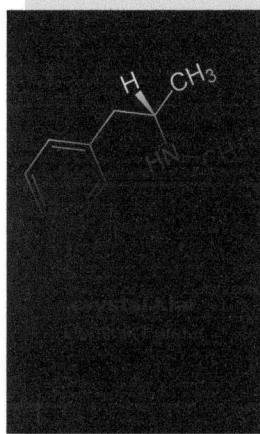

Dominik Forster

crystal.klar

Ein Roman, ein Bekenntnis, eine Bewältigung der Vergangenheit, die dem Leser rückhaltlos die zerstörte Welt einer Jugend vorführt, die im Bann von Crystal Meth steht, der Droge Nummer 1 einer egomanischen Leistungsgesellschaft.

Paperback. 280 Seiten / ISBN 978-3-946086-26-0
E-Book. ISBN 978-3-946086-01-7

Als Dominik Forster zum ersten Mal durch die Tore der Nürnberger Herschel-Schule tritt, beginnt sein Leben als Underdog. Erst Drogen und Crystal Meth machen den ängstlichen Jungen zu dem Menschen, der er immer sein möchte, und mit dem Einstieg ins Drogengeschäft beginnt der vermeintliche Aufstieg, umgeben von vermeintlichen Freunden: er wird zum Topdog. Dieser Weg führt ihn ins Gefängnis, in eine Welt aus Brutalität, die einzig zwischen »Mann« und »Opfer« unterscheidet und in der die Zeit nur genutzt wird, um den nächsten Coup zu planen …
Entzug und Therapie helfen Dominik Forster aus diesem Teufelskreis auszubrechen und das selbstbestimmte Leben zurückzugewinnen, das er heute führt. Dieses Buch markiert einen Teil seines Weges.

ÜBERALL IM BUCHHANDEL!

Buchtrailer, Leseprobe und vieles mehr …
www.duotincta.de

Daniel Breuer

nathanroad.rec

Daniel Breuer webt einen transkulturellen Klangteppich, dessen lose Fäden drei Generationen und drei Kontinente verbinden, um das Vergangene in einem drastischen Schlussakkord in der Gegenwart aufschlagen zu lassen.

Paperback. 244 Seiten / ISBN 978-3-946086-11-6
E-Book. ISBN 978-3-946086-12-3

Was verbindet einen verlassenen Bauernhof in der Nähe von Triest, drei entführte Zahnärzte, eine Horde von Straßenhunden und das Gold eines chinesischen Händlers aus Lateinamerika mit einem Klavierträger, der sein In-der-Welt-Sein einer inneren Migration ins Panoptikum seiner Vergangenheit im Hongkong der 1980er opfert? Und was hat das Ganze mit Lucas Cranach und den größten Diktatoren des 20. Jahrhunderts zu tun?

Verlag duotincta

ÜBERALL IM BUCHHANDEL!

Buchtrailer, Leseprobe und vieles mehr ...
www.duotincta.de

Holger Dauer

Schattenheld

Das Wunder von Bern und der Absturz ins Bodenlose: Herbst 1969. Ein Mann streift durch die abendlichen Straßen, betritt eine Kneipe, setzt sich an einen Tisch – und bleibt nicht lange allein. Denn rasch wird klar: Der Mann war einer der „Helden von Bern", stand 1954 für Deutschland im Finale.

Paperback. 176 Seiten / ISBN 978-3-946086-16-1

Doch die Zeiten der Siege und des Stolzes sind längst vorbei, jedenfalls für ihn. Es blieben Scham, Einsamkeit und die Blicke der anderen. Für ein paar Biere und Schnäpse gibt er die Erinnerungen an einen großen Tag am Stammtisch zum Besten.
Ein Jahr im Rampenlicht, ein Leben im Schatten: Schonungslos und zugleich einfühlsam erzählt Holger Dauer eine Geschichte des Scheiterns inmitten eines allgegenwärtigen Aufschwungs. Schattenheld ist eine kritisch-poetische Ehrerbietung an die legendären Weltmeister, ein Psychogramm der frühen Bundesrepublik und einer euphorisierten jungen Nation, die in Vielem noch die alte war.

ÜBERALL IM BUCHHANDEL!

Buchtrailer, Leseprobe und vieles mehr ...
www.duotincta.de